怪談喫茶ニライカナイ

蒼月海里

PHP
文芸文庫

○本表紙デザイン＋ロゴ＝川上成夫

怪談喫茶ニライカナイ　目次

その打ち棄《す》てられた廃墟は、夢の残滓《ざんし》だった。

何処《どこ》からともなく入って来た、漆黒《しっこく》の筋が入った浅葱《あさぎ》色の翅《はね》の蝶々《ちょうちょう》が、その廃墟の中央に音もなく止まった。

すると、廃墟にはぼんやりと灯火《ともしび》が宿り、建物の傷みも冷え切った空気も、暖かく包み込んでいく。

廃墟の中央には、いつの間にか人影があった。

蝶々をあしらった着物をまとった、美しい青年であった。

「蜃気楼《しんきろう》の街に、また一人……」

青年は、長い睫毛《まつげ》の双眸《そうぼう》を伏せる。その表情は、哀《かな》しみにも諦めにも似ていた。

「どうか、あなたは囚《とら》われないで。この街が見せる蜃気楼に」

その言葉は、祈りに近かった。

「そして——、どうか街よ、ここへ導いて。蜃気楼に囚われてしまった人を」

その廃墟は、海のにおいがした。

いや、青年が佇《たたず》むその場所は、最早《もはや》、廃墟ではなく——。

第一話

海神の街

潮風が運んで来るのは、海に溶けた遺骸《いがい》のにおいだという。

雨宮志朗《あまみやしろう》は、べたつく潮風に頬《ほお》を撫《な》でられながら、そんな話を思い出した。生物が生まれる前から海は存在していたというし、遥《はる》か昔に生まれて死んでいった我々の祖先の遺骸もまた、海に咀嚼《そしゃく》されて一つになり、今、目の前に存在しているのだろう。

潮のにおいは濃いが、雨宮の眼前に横たわっているのは大海原《おおうなばら》ではなく、運河だった。かつては海だった場所だが、埋め立てによって陸地となってしまった。

「海上に立っていると思うと、何とも奇妙な気分だな」

綿津岬《わたつみさき》。

フリーターの雨宮が引っ越して来たのは、そんな名前の街だった。

東京都江東区《こうとう》に存在する、月島《つきしま》と豊洲《とよす》に挟まれた場所だ。明治二十五年に行われた「東京湾澪浚《みおさらい》計画」において、月島と共に埋め立てられたのだという。

未だに昭和初期の頃の建物が立ち並んでいるが、その傍《かたわ》らで、天を仰がなくては最上階を窺《うかが》えないほどのタワーマンションも存在していた。

不揃《ふぞろ》いな街だと、雨宮は思った。

夏の日差しがじりじりと暑い。いつまでもアスファルトの上に突っ立っていたら、熱中症になってしまう。

そう思った、その時だった。ふと、背中に視線を感じたのは。

「ん……？」

振り向いてみるが誰もいない。舗装《ほそう》された歩道と、ぽつんと佇《たたず》むベンチがあるだけだ。

「気のせいか……？」

だが、やけにハッキリとした気配だった。潮風よりもねっとりとまとわりつき、素肌に汗ばんだ指を這《は》わされるような、そんな不快感があった。

雨宮は頭《かぶり》を振る。引っ越したのと、あんなことがあったせいで神経質になっているだけだと。

雨宮は自らにそう言い聞かせると、運河を走る屋形船に背を向けた。

そんな雨宮の目の前を、やけに綺麗《きれい》な浅葱《あさぎ》色の蝶々《ちようちよう》がひらりと、暑さをものともせずに通り過ぎて行ったのであった。


引っ越して来たばかりの雨宮は、近所のコンビニエンスストアへと向かった。冷蔵庫が空っぽなので、一先《ひとま》ずはすぐに食べられるものが欲しかったのだ。

何処《どこ》にでもあるチェーンのコンビニエンスストアに入ると、レジにいる若い女性店員が「いらっしゃいませ」と声を掛けてくれた。

店内には数人の客がいて、棚に商品を陳列している店員もいる。

何ということもない、ありふれた光景だ。

雨宮は、弁当を一つ手にすると、レジへと向かう。そして、会計をして貰《もら》う時にこう尋ねた。

「すいません。この近くにホームセンターはありますかね」

「ええ。ここから大通り沿いに歩いて行くと、ショッピングモールがあるので」

そこにホームセンターのテナントが入っていると、店員は丁寧に教えてくれた。

大学生だろうか。うっすらと化粧をしてあか抜けた様子は、臨海都市の都会的な雰囲気によく似合ってるなと雨宮は思った。

「有り難う御座《ござ》います。引っ越して来たばかりで、土地勘がなくて」

雨宮は、出来るだけ愛想よく微笑《ほほえ》む。しかし、女性店員の顔は強張《こわば》った。

「引っ越して、来たんですか？」

「ええ、まあ……」

女性店員は周囲を見回す。皆、自分達に注目していないことを確認すると、彼女は雨宮にしか聞こえないように声を潜《ひそ》めた。

「ここ、出るらしいんです」

「出る？」

「その、怖いものが」

怖いもの。それが何なのか、言うことすら忌避《きひ》するような様子に、雨宮は眉根《まゆね》を寄せた。

「幽霊でも出るんですか?」

そんな馬鹿なと思いつつ、苦笑まじりで問いかける。しかし、女性の顔色は優《すぐ》れないままだった。

「本当です。夜になると、……外にいるんです」

「外に?」

コンビニの自動ドアの方を見やる。だが、熱せられたアスファルトが生み出した逃げ水と、往来を走る自動車が見えるくらいだ。

「友達も一緒にバイトをしていたんですけど、恐ろしい想いをしたからって辞めてしまって……」

女性店員の唇は震えていた。よほどの体験をしたのだろう。

「だけど、どうしてそんな危ない店で働いているんです?」

「それは、大学の学費と生活費のためです……。東北から上京していて、とにかく実家には負担をかけたくなくて」

「成程《なるほど》」

雨宮は納得する。コンビニの出入口に求人のチラシが貼られていたが、時給は都内の相場の二倍近くだった。雨宮は思わず、二度見してしまったほどだ。

生活に困窮《こんきゅう》しているのは自分も同じだ。実入りの良い仕事があれば、多少のリスクには目をつぶるだろう。

「その、すいません。私の話を……！」

店員は我に返ると、慌てて会計処理を再開する。雨宮は交通系ICカードが入ったパスケースを端末にかざしつつ、「気にしてません」と首を横に振った。

「つまりその、何が言いたいかというと、――気を付けて下さい。それだけです」

女性店員は神妙《しんみょう》な面持《おもも》ちでそう言うと、雨宮に弁当を渡す。

「忠告、どうも」

雨宮は会釈《えしゃく》をすると、「有り難う御座いました！」という女性店員の挨拶《あいさつ》を背に受けながら店を出る。

外には、うっすらと生臭い空気が漂《ただよ》っていたのであった。


雨宮は新居に戻る。

彼が引っ越して来たのは、綿津岬二丁目の古いアパートだ。近所には高校があるので、登校時間と下校時間は賑《にぎ》わいそうだった。

「お帰りなさい、雨宮さん」

アパートの前では、掃き掃除をしている大家が雨宮を迎えた。人が好《よ》さそうな初老の男性で、雨宮が挨拶に行った時も、快く応対してくれた。

「どうも」と雨宮も笑顔で会釈を返す。

アパートは木造の二階建てで、昭和の時代を思い起こさせるような建物だ。風呂は未だにバランス釜で、そのためか、家賃は破格だった。

「どうですか。この街に慣れましたか？」

「引っ越して来てから、まだ半日も経《た》ってませんよ」

雨宮は苦笑する。昼前に荷物を運び込んだばかりで、新生活開始から二、三時間程度だ。

「ははっ、そうですね。でも、便利でしょう？」

「ええ。近くにコンビニがありますし、少し行けばショッピングモールがあるとのことなので」

タワーマンションがある三丁目には、近年建てられたと思《おぼ》しき建物が多かった。食品から家具まで、一通りの店が揃ったショッピングモールもあるので、街から出ずに用事を済ませることが出来そうだ。

「それにしても、雨宮さんのような若い方がこんな古い街に引っ越して来るなんて」

雨宮はもうすぐ三十歳になる。大家からしてみれば、子供のような年齢だろう。大家が、何処から来たのだと尋ねるので、雨宮は「阿佐ヶ谷《あさがや》です」と答えた。

「いいところじゃないですか。どうしてまた、引っ越しなんて。お仕事の関係ですか？」

「仕事は――その、フリーターなので、何処に住んでもいいんですけどね。ただ、お恥ずかしながら、前の家の家賃が払えなくなって……」

「ははあ、成程」

大家は訝《いぶか》しげな顔一つせずに、にこやかに相槌《あいづち》を打った。

「でもまさか、江東区にこんな破格の家賃の部屋があるとは思いませんでした」

雨宮の部屋は、六畳一間でそれほど広くはない。築年数がかなりのもので、設備が古いとはいえ、阿佐ヶ谷の賃貸よりも遥かに安かった。

「空き部屋があると寂しいんですよ」と大家は言った。

「ああ、そういうことですか。でも、この辺は良いですよね。便利さに加えて昔の面影《おもかげ》を残す街並みもあるのなら、見どころも多いんじゃないですかね？」

そう言った雨宮の顔を、大家はじっと見つめていた。何処かで感じたことがあるような視線に、雨宮は首を傾《かし》げる。

「綿津岬にご興味が？」

「ええ。古い街並みには昔から興味があったのと、そういう記事を偶《たま》にブログでも取り扱うので」

「ほう……」

大家は、納得したようなしていないような顔をした。

雨宮には、趣味でやっているブログがある。主に歴史的な建造物や民俗学的な都市伝説の紹介をしており、広告収入が小遣いになる程度には閲覧者がいた。

とはいえ、それも最近は更新が滞《とどこお》っているが……。

大家はややあって、雨宮に言った。

「一丁目には、海神《わたつみ》神社と資料館がありますからね。この街の成り立ちを知りたければ、そこに行くといいでしょう」

「あっ……、有り難う御座います！」

大家の厚意に、雨宮は頭を下げる。そんな雨宮に、「ただし」と大家は付け加えた。

「そこにある以上のことは調べないで下さいね」

「何故《なぜ》……ですか？」

「小さな街ですからね。プライバシーに関わることを調べられては困ると、皆、神経を尖《とが》らせているところもありまして」

「大丈夫ですよ。プライベートに土足で上がり込むような真似《まね》はしませんから」

雨宮が深々と頷《うなず》くと、「なら、いいんですが」と大家は返した。

低俗なゴシップは、雨宮自身も好いていなかった。そんなものよりも、綿津岬の歴史について触れた記事の方が書き甲斐《がい》があるだろう。

その土地の歴史を紐解《ひもと》くと、個人情報なんかよりもずっと面白いことが見つかる。その地域ならではの風習や、伝説の裏に隠された災害の話や、時には、血腥《ちなまぐさ》い事件も……。

そんな雨宮の心を知ってか知らずか、大家はにこやかに微笑んだ。

「まあ、お一人では何かと大変でしょう。困ったことがあったら、いつでも言って下さいね」

「どうも、有り難う御座います」

「ご飯を食べに来ても構いませんし」

「それは流石《さすが》に悪いですよ」

雨宮は苦笑する。しかし、大家の優しい気遣いのお陰で、随分と気持ちが和《やわ》らいだ。見知らぬ土地に引っ越して来たことで感じていた心細さは、いつの間にか消えていた。

「雨宮さん」

「はい？」

大家は穏やかな笑みを浮かべて、こう言った。

「海上に立ってると思うと奇妙に思えますが、慣れると悪くないものですよ」

「えっ？」

雨宮は耳を疑う。しかし、大家は好々爺《こうこうや》の微笑を雨宮に向けているだけだった。

二人の間に沈黙が漂う。ねっとりとした潮のにおいが、雨宮の鼻先を掠《かす》めて行った。

「まあ、そうですね」

雨宮は曖昧《あいまい》に笑って、挨拶もそこそこに自分の部屋へと向かった。

大家が口にした言葉は、雨宮が運河の前で呟《つぶや》いた言葉とそっくりだった。まるで、大家がその言葉を聞いていたかのようではないか。

「まさか、な」

何とも奇妙で落ち着かない気分になりながらも、雨宮は自室に戻り、しっかりと鍵をかけたのであった。

夜は嘘のように静まり返っていた。

アパートには八部屋あるのだが、空《あ》いていたのは雨宮の部屋だけだったはずだ。壁もそれほど厚くないというのに、どうしてこんなに静かなのか。

皆、会社勤めなどで帰宅が遅いのだろうか。

二十二時になった時計を眺めながら、雨宮はそう思った。

「……小腹が空《す》いたな」

書きかけのブログの記事を保存して、席を立つ。

今日もあまり捗《はかど》らなかった。やはり、あんなことがあったからだろうか。

「いや、あのことは忘れよう……。もう、どうしようもないことだし」

気晴らしに、近所のコンビニに行って、スナック類でも買って来よう。そのついでに、他の部屋の様子も窺ってみればいい。カーテンから漏《も》れる蛍光灯の光さえ見られれば、心が落ち着くだろうから。

雨宮は、机の上にある携帯端末を胸ポケットに入れる。そして、内側から掛けた鍵を解錠しようと、ドアノブを捻《ひね》ろうとしたその時であった。

ガチャガチャッ、とドアノブが激しく動いたのは。

「なっ……！」

雨宮は咄嗟《とっさ》に息を殺す。

外側からだ。ドアは、外から開けられようとしている。

泥棒か。それとも、酔っ払いか？

鍵はちゃんとかかっている。しかし、ドアノブを捻る激しさのあまり、ノブ自体が取れてしまいそうだ。

警察に通報しようかという考えが、一瞬だけ過《よぎ》る。しかし、酔っ払いの隣人の可能性もある。その場合、安易に通報しては角《かど》が立つのではないだろうか。

せめて、相手を一目見よう。あまりにも怪しい様子ならば、警察に連絡すればいい。

雨宮は、腹をくってドアの覗《のぞ》き穴から外を見やる。

だが、何も見えなかった。

「あれ……？」

思わず、小声が漏れる。誰もいない。暗闇が広がっていた。

いつの間にかドアノブを回そうとする音も止《や》んでいた。もしかしたら、立ち去ってしまったのかもしれない。

「なんて人騒がせな」

雨宮は溜息《ためいき》を吐《つ》いた。改めてドアを開こうとしたが、或《あ》ることに気付いてしまった。

外廊下には、照明があったはずだ。そして、外廊下から見えるアパートの外にも、街灯《がいとう》があったはずだ。覗き穴の向こうが、真っ暗になるはずがないのに。

まさか、と雨宮は戦慄《せんりつ》する。

覗き穴の向こうの暗幕は、瞳なのではないだろうか。

怖いものがいる。コンビニにいた女性の言葉が脳裏《のうり》を過った。

誰かが、部屋を覗いているのではないだろうか。

「ひっ！」

思わず、ドアから飛《と》び退《の》く。鍵穴からは、カチャカチャという小さな金属音が聞こえた。まさか、工具を使って鍵を開けるつもりなのか。

恐らく、これは泥棒だ。

雨宮は、胸ポケットの携帯端末を取り出そうとする。しかし、手が汗でべたついているせいで、端末を落としてしまった。

「くそっ……！」

悪態を吐きながらも、床に転がった端末を拾おうとする。

だがその時、妙な感覚が指先に触れた。転がっている端末に向けて伸ばした手には、同じように、伸ばされた手が重なっていた。

ただしそれは、影のように真っ黒で、海の生き物のにおいがする。

「あ、ああ……」

雨宮が顔を上げる。

そこには、真っ黒に塗り潰《つぶ》された人間の顔があった。辛《かろ》うじてわかる口を怒りに吊《つ》り上げてじっと雨宮を見つめていた。

眼球がないのにその視線は、じっとりと絡《から》みつく潮風のようだった。幾重にも積み重なった濃厚な死のにおいが、雨宮の鼻腔《びこう》を掠める。

「ひっ……」

雨宮が、引きつった悲鳴をあげる。目の前の顔から、目が離せない。この顔は、何処かで見たような気がする。

すぐそこまで出掛かっているのに、思い出せない。いいや、思い出したくなくて、頭が拒絶しているようにも思えた。

そんな雨宮の背後で、ドアが開く音がした。ぬちゃ、とずぶ濡《ぬ》れの足音が聞こえる。

雨宮は、自分の意識が遠くなり、身体が床の上に倒れ込むのを感じたのであった。

翌朝、雨宮は目を覚ました。

彼は机の上に突っ伏して寝ていた。ノートパソコンの電源はつけっ放しになっていて、携帯端末はその脇に置かれていた。

「寝落ちをしてたのか……」

時計は朝の五時を示している。カーテンを引いた窓の外からは、新聞配達と思しき自転車をこぐ音が聞こえた。

ひどい夢を見た気がする。頭は重く、身体には倦怠感《けんたいかん》がまとわりついていた。喉《のど》が渇《かわ》いた。口の中がカラカラで、干《ひ》からびているようだ。

気晴らしに、自動販売機でペットボトルの清涼飲料水でも買おう。雨宮はそう思い、携帯端末をポケットに入れて部屋を後にした。

東の空から徐々に射す朝日が眩《まぶ》しい。

あまりの眩しさに目を細めながら鍵をかけようとしたその時、雨宮は声にならない悲鳴をあげた。

鍵穴には、無理矢理こじ開けようとした跡が無数についていた。ドアの前には水たまりが出来、つんと腐った生き物のにおいがしたのであった。


奇妙な夜は、その後も続いた。

夜中になると決まって、真っ黒な来訪者が現れるのだ。

あれは一体何なのか。泥棒などという生易《なまやさ》しいものではない。やはり、幽霊の類《たぐい》だろうか。

雨宮は、自分が住んでいるアパートが事故物件でないかを確認した。家賃が格安だったので、その可能性も否《いな》めなかった。大家本人に聞くわけにもいかず、不動産屋に尋ねたり、インターネットで調べてみたりしたが、特に何かがあったわけでもないようだった。

では、あれは何なのか。

黒い影からは悪意や悲しみというよりも、怒りのようなものを感じた。

それは妙に心に引っかかるものの、目をそらしたくて仕方がないもののようにも思えた。

そして、辛うじてわかる顔にも見覚えがある。自分を責め立てる者の正体を必死になって探ろうとするものの、いつも、その先は霧に包まれたように見えなくなってしまう。

「寝不足ですか？」

アパートの前で鉢合《はちあ》わせた大家に、雨宮は尋ねられる。

「ええ、まあ。ちょっと眠りが浅くて」

雨宮は曖昧に答えた。

「慣れない土地ですから、緊張しているんでしょう。ですが、直《す》ぐに馴染《なじ》みますよ」

「はは、それなら良いんですけど……」

緊張しているせいだろうか。それならば、早く馴染んでこんな悪夢から解放されたい。

雨宮は心底そう思った。

「そういえば、雨宮さんはフリーターとのことでしたが、仕事先は見つけたんですか？」

大家の言葉に、雨宮は苦笑する。

「いえ。インターネットでアルバイトの募集を眺めているんですけど、この辺りはあまりないですね」

募集がある求人は、周辺にある月島や晴海《はるみ》、豊洲まで出る必要がある。その選択肢も悪くなかったが、折角《せっかく》、綿津岬に引っ越して来たので、バイト先は近所にしたかった。

「インターネットには、あまり求人を出さないでしょうね」

大家は笑顔のまま、当然のように言い放った。

「どうしてですか？」

「よそ者がたくさん集まって来てはいけませんから」

よそ者。その響きが、やけに冷たく感じられた。雨宮が返す言葉を見つけられないでいると、「雨宮さんはもう、綿津岬の人間ですよ」と大家は言った。

「三丁目は商業施設が沢山ありますしね。アルバイトでしたら山ほどあるでしょう。ただ、よそ者もそれなりに多いので」

大家は微笑を湛《たた》えたままだったが、よそ者という言葉には侮蔑《ぶべつ》の響きがあった。

「この辺りは……？」

「二丁目は個人商店が多いですからね。コンビニくらいならば求人があるかもしれませんが」

雨宮は、怖いものが出るという近所のコンビニの貼り紙を思い出す。

それと同時に、別の興味も湧《わ》いた。

「成程。それじゃあ、一丁目も望みは薄いですかね」

三丁目、二丁目と遡《さかのぼ》っていたため、興味本位の質問だった。しかし、大家の表情を一変させるのには充分だった。

「一丁目？」

「は、はい」

大家は笑顔のままだった。だが、目は全く笑っていなかった。口角《こうかく》を吊り上げたまま、雨宮を軽蔑《けいべつ》するようにねめつける。

「一丁目は、古い綿津岬の人間が住んでいるところですからね。彼らの仲間になるには、相応の経験か貢献がなくては」

「そう……なんですね」

雨宮もまた、笑顔を取り繕《つくろ》って返事をする。しかし、内心は生きた心地がしなかった。

三丁目を中心にアルバイト先を探す。その旨《むね》を伝え、雨宮はアパートを後にした。

しかし、向かった先は三丁目でも近所のコンビニでもなかった。

「確か、神社があるって言ってたな……」

雨宮が足を向けたのは、古い住宅が多いという一丁目だった。

もし、自らを悩ませている怪現象が幽霊の類であれば、お祓《はら》いをして貰えばどうにかなるだろうか。

それほど信心深くない雨宮がそう思うほど、彼は追い詰められていた。ブログで民俗学について取り扱っているとはいえ、それは学問的な興味があってのことで、今までは信心に結びつかなかったのだ。

それと同時に、一丁目がどんな場所なのか興味もあった。

雨宮が住んでいる二丁目は、昭和の頃に建てられたと思しき家と、平成に建てられたであろう家が混在している。似たような住宅が並んでいる区画もあり、幼い子供がいる家もそれなりに多かった。

そんな区画から切り離されるようにして、孤立している場所があった。

境界を示すように細い運河が横たわり、朱色の橋が二つの区画を繋《つな》げている。最近塗り直されたのであろう鮮やかな朱色は、橋の先にある神聖な世界を暗示しているかのようで、雨宮は思わず橋の端を渡った。

橋を渡り切ると、空気が一変した。

潮のにおいが濃くなる。あまりにも濃厚な潮の気配がまとわりつくので、海の中にでもいるかのような気分になった。

木造の建物がほとんどで、昭和の初期か、それ以前に建てられたもののようだ。どの建物も、ドアも窓も固く閉ざされていて、どんな人が住んでいるか分からなかった。

「洗濯物の一つくらい、出ていても良さそうだけど……」

洗濯物や庭にあるもので、おおよその家族構成やその家の事情が分かる。しかし、どの家にも手掛かりになるものはなく、実に静かだった。

「これは確かに」

求人の募集がありそうな雰囲気ではない。海のにおいに混じり、排他的な空気が漂っていた。

ふと首筋に、ひんやりとした気配を察する。続いて生臭さのようなものを感じて背後を振り返るが、そこには誰もいなかった。

気のせいだろうか。

そう思って更に先へと進もうとするものの、妙な空気は依然としてまとわりついたままで、それどころか、濃くなっているように感じた。

自然と、雨宮の足取りが速くなる。

これは視線だ。それに気付いた雨宮は、背筋がぞっとした。

視線は、ドアを固く閉ざした家々から感じる。閉められていると思った窓は、ほんの少しだけ開いていた。こちらを、監視出来る程度に。

こっそりと橋の方を振り返る。

すると、何処からともなく、人影がぞろぞろと集まっていた。まるで、雨宮の退路を塞《ふさ》ぐかのように。

「……まずいな」

陽炎《かげろう》で揺らぐ人影を眺めながら、雨宮は思わず呟いた。

綿津岬の人間はよそ者を嫌がる。何故、大家の忠告を聞かなかったのか。

雨宮は気付かない振りをしながら、視線から逃《のが》れるために狭い路地裏へと入る。路地裏を囲んでいるのは二階建ての木造家屋であったが、せめぎ合うようにして建てられているため、雨宮は圧迫感で息が詰まりそうだった。

責めるような視線は、雨宮の背中に突き刺さる。最近、似たようなものを感じたことがあった。あの、深夜に現れる奇妙な来訪者の、存在しない双眸《そうぼう》から放たれる視線だ。

何とかそれから逃れようと、雨宮は狭い路地裏を足早に駆《か》け抜けようとした。自分が渡って来た橋の他に、一丁目から出られるルートを探しながら。

しかし、どんなに先へ進んでも、何度も角を曲がっても、一丁目から抜け出せる橋を見つけることはおろか、迷路のように入り組んだ路地裏から出ることすら叶《かな》わなかった。

背中には、相変わらず視線を感じる。背後から、足音が聞こえる気がする。焦《あせ》る雨宮の目の前に、無情にも路地の突き当たりが立ちはだかった。

「あっ……」

雨宮は絶望のあまり、声をあげる。

目の前にあるのは、廃墟のような木造の建物だった。手入れをされなくなって久しいのか、外壁に傷みが見受けられた。

しかし、入り口に小さなランタンが下げられていた。

蛍《ほたる》の光のような淡い明かりは、控えめに掲げられた看板を照らしていた。

「喫茶店『ニライカナイ』……」

ニライカナイとは、沖縄や奄美《あまみ》に伝わる海の向こうの異界のことだ。しかし、潮のにおいがするだけで、外装から沖縄らしさは一切感じられなかった。

どうやら、この建物は喫茶店らしい。明かりがあるということは、営業中ということだろうか。

背後から聞こえる足音が、徐々に迫っているような気がした。雨宮は決意を固めると、勢いのままにドアを開いたのであった。


ドアベルの涼しげな音が鳴り響く。

つんとした潮の香りがしたものの、それは一瞬のことだった。店内は冷房がよく効《き》いているのか、ひんやりとしていた。

ドアを閉めて一歩踏み出すと、床板がギィと軋《きし》む。静寂に満ちていて、客どころか従業員の気配すらなかった。

準備中なのだろうか。しかし、そんな看板はなかったし、今、外へ出ようとは思えなかった。

店内は薄暗い。

ホタルイカのごとき儚《はかな》い光が、ぽつぽつと店内を照らしていた。所々に、白亜の彫刻のような貝殻と、陶器のような珊瑚《さんご》が置かれている。店内は狭く、テーブル席が二つと、カウンター席が何席かあるくらいだ。

床はひどく軋む。壁もところどころに傷みがあった。遥か昔に忘れ去られた廃墟を利用した喫茶店のようにも見えたが、不思議と、居心地は悪くなかった。

「いらっしゃいませ」

急に声を掛けられ、冬の海にでも浸《つ》けられたような気分になった。

あまりにも静かで、聞き逃してしまいそうなくらいの若い男性の声だった。波にさらわれる砂の音のような声は、カウンターの向こうからだった。

「『ニライカナイ』にようこそ」

いつの間にか、カウンターの向こうには和装の青年が佇んでいた。

一瞬、雨宮はマネキンが立っているのかと思った。それほど、相手は生気と現実感がなかった。

柳のようにしなやかな体軀《たいく》に、蝶々をあしらった着物をまとっている。雨宮はその蝶々を、見たことがあるような気がした。

青年の短く整えられた烏羽玉《うばたま》の黒髪の隙間《すきま》からは、白磁《はくじ》のうなじが見え隠れしていた。

瞳は、光を通さぬ漆黒《しっこく》だった。中性的な容姿はあまりにも整っていて、雨宮は絵画が喋《しゃべ》っているのかという錯覚すら起こした。

「その……どうも、お邪魔してます」

雨宮の口からは、そんな間の抜けた挨拶しか出て来なかった。

外見は雨宮よりも若く見えたが、青年のやけに達観したような瞳は、二十代には思えなかった。

「ここは、喫茶店なのか？」

「はい」

雨宮の問いに、青年は静かに答えた。

「ニライカナイといえば、沖縄や奄美の言葉だったと思うが、あまり南方らしさは感じないというか……」

「海の言葉として使っています。海の底にある異界のことと捉《とら》えて頂ければ」

青年は細い指先でガラスの急須《きゅうす》を手にすると、ガラスの湯呑《ゆの》みにお茶を注ぐ。

すると、ふわりと優しい香りが、店内に漂った。

「お茶をどうぞ」

「あ、どうも……」

青年に勧められた雨宮は、かしこまりながらそれを受け取る。カウンター席につき、恐る恐るお茶に口をつけた。

「美味《おい》しい……」

彼が淹《い》れてくれたお茶は、海の香りがした。

お茶を口にした雨宮は、清涼感がさざ波のように身体を駆け巡るのを感じた。まとわりついていた嫌な気配が霧散《むさん》し、心に平穏が訪れる。気付いた時には、お茶をすっかり飲み干していた。

「このお茶、懐かしい気がする。何処かで飲んだような……」

「昆布茶《こぶちゃ》です」

青年は、表情一つ変えずに答えた。

「……渋《しぶ》いな。でも、昆布《こんぶ》以外の味もした気が……」

「海のものを入れておりますから」

昆布以外に何が入っていたのか、興味が湧いた雨宮であったが、湯呑みは既に空になっていた。

一息ついたところで、雨宮はぐるりと店内を見回す。

店自体は廃墟のそれであったが、カウンター周りには清潔感があった。アンティークのような古めかしさはあるものの、埃《ほこり》は一切見当たらない。茶器もよく磨かれていて、新品同様であった。

「落ち着きましたか？」

「ああ。お陰様で」

雨宮は大きく頷く。青年は美しかったが、表情に乏《とぼ》しかった。彼が動き、話していても、絵画が喋っているという印象は拭《ぬぐ》えなかった。

「それでは、お茶のお代ですが――」

それを聞いて、雨宮は「しまった」と思った。店のサービスだと勘違いしていたからだ。お茶自体は美味しく、文句の付けどころはなかったのだが、あまりにも代金が高いと、貧乏な雨宮は手持ちで払えない可能性もある。

しかし、青年の言葉は意外なものだった。

「お話を、一つ聞かせてはくれませんか？」

「話？」

「この喫茶店を訪れたということは、貴方《あなた》は怪談をお持ちのはずです」

一瞬にして現実に、いいや、非現実に引き戻される。雨宮の脳裏を過ったのは、あの真っ黒な人影のことだった。

「ここは、恐れを持つ者が辿《たど》り着く場所なのです」

青年は、「私のことは浅葱とお呼び下さい」と自己紹介した。

浅葱とは、緑がかった淡い藍《あい》色のことだ。澄んだ海の色だなと、雨宮は思う。

「浅葱、さっきの話はどういうことなんだ……？」

「そのままの意味です。貴方は怪談を持っていて、私はそれを聞かせて欲しい」

「それが、あの美味《うま》いお茶の代金になるって……そういうことなのか？」

「はい」

浅葱は、よどみなく答えた。

わけが分からない。追い立てられた先に廃墟のような喫茶店があり、そこには絵画のように美しい店主がいて、自分が怪異に襲われていることを見抜き、お茶代としてその話を聞かせてくれだなんて。

雨宮は、いっそのこと夢だと思おうと開き直った。怪異を話すことで、気晴らしになるだろうという希望も抱きながら。

雨宮は、最近になって綿津岬に引っ越して来たこと。引っ越しの初日から、黒い影がまとわりつく怪現象に見舞われていることを話した。

浅葱は、それを黙って聞いていた。その間、彼が微動だにしないので、雨宮は人形を相手にしているような気持ちにもなった。

だが、雨宮が全《すべ》てを話し終わった後、浅葱は初めて瞬《まばた》きをした。

「――成程。貴方の怪異、頂戴しました」

澄み渡った声が、静かな店内に響く。軒下《のきした》の南部《なんぶ》風鈴《ふうりん》のような余韻《よいん》が、心地よかった。

「頂戴したって、どういう……」

「この土地は、夢で出来た蜃気楼《しんきろう》なのです」

雨宮の問いには答えず、浅葱は淡々とそう言った。

「蜃気楼……？」

「だから、悪夢もまた怪異となってしまい、人々は苦しむことになる。私はそのことに、愁《うれ》いを感じています」

どういうことかと雨宮は問おうと思った。

しかし、雨宮は気付いてしまった。浅葱の瞳に、ひどく哀《かな》しげな影が浮かんでいることに。

それは、作り物のような容姿の浅葱が見せた、初めての人間らしい表情だった。憐《あわ》れみと、ままならぬ想いと、その中に混じる一握りの慈《いつく》しみが複雑に絡み合って、その表情をやけに印象深いものにしていた。

彼は何故、そんな表情をするのか。その奥に潜むものを、知りたいと雨宮は反射的に思った。人に対してそんなこと思うのは初めてで、雨宮自身も驚愕《きょうがく》してしまう。

雨宮は思わず、口を噤《つぐ》んでしまった。雨宮が沈黙していると、浅葱の方が先に口を開いた。

「貴方は、焦りから自分を責めていませんか？」

「焦り？」

「貴方は最近、大きな失敗をした。そして、大切なものを失った。そのことで、自分を責めていませんか？」

「大きな、失敗……」

雨宮には、思い当たる節《ふし》があった。

引っ越すことになったそもそもの原因だ。雨宮は数カ月前までは、記者をしていた。

趣味のブログのみならず、彼は歴史散歩や街歩きの記事を中心に書いており、それなりにファンもついていた。

雨宮は、昔から怪談や民話、超常現象を取り扱った本を読むのが好きだったのだが、本題は、それらを検証し、真実を暴《あば》くことだった。

ミステリアスなベールに隠された向こう側を垣間見《かいまみ》ることが、雨宮にとっての至福であった。

だから、真実を追い、謎を解き明かす仕事がしたかった。

しかし、或る日、先輩記者が記事を捏造《ねつぞう》したのを発見してしまう。それは、とある芸能人の不倫疑惑の記事で、世間では大きな反響があった。不倫相手と一緒のところを激写したというスクープだった。

だが、その不倫相手というのは、先輩記者が雇った劇団員だったのだ。

正義感が強い雨宮は、上司にそのことを訴えたが、その結果、訴えは揉《も》み消され、雨宮は大きな圧力によって会社を追われることになってしまった。

「失敗……なんだろうか。いや、結果的に生活が困窮しているから、俺は負け組なんだろうな」

雨宮は頭を振った。

腹立たしいことだった。しかし、浅葱に打ち明けたためか、少し肩の荷が軽くなったような気がした。

心に蓋《ふた》をして押し込めていた記憶を掘り起こした雨宮は、胸の中が洗われるのを感じた。まるで、砂浜に描いた落書きを、打ち寄せた波がさらっていくかのように。

ふと、自分を責め立てるあの黒い影の顔が、脳裏に浮かぶ。それは、まるで――。

「あれは、俺だったんだ……」

見たことがあるのは当たり前だった。あれは、自分の顔なのだから。

自身が自身を責め立てていることから目を背《そむ》けたいばかりに、雨宮はそれを直視出来ないでいたのだ。

「俺は、間違っていることを指摘し、正して貰うことが正義だと思っていた……」

語り出す雨宮に対し、浅葱は聞いているのか聞いていないのか、お茶を淹れ始めた。こぽこぽと注がれる水音に耳を傾けながら、雨宮は話を続ける。

「だが、それは間違いだった。無力な者は、何をしても正義にはなれない」

証拠を手に入れるには至らなかった。雨宮の詰めが甘くなければ、証拠を入手して然《しか》るべき機関へ会社の不正を訴えることも出来たはずなのに。

「会社は憎い。だが、俺は自分の中途半端さが、許せなかった。もっと、力が欲しいと思った……」

雨宮は、自分の手をギュッと握り締める。爪が喰い込むものの、気にしている余裕はなかった。

そんな彼の目の前に、そっと淹れたてのお茶が出される。雨宮は、「有り難う」と海の香りがするそれを飲み干した。

一息ついた雨宮は、長い溜息を吐いた。

「どうして、俺自身があんな風に現れたんだ……。俺はこうして生きているっていうのに。生霊《いきりょう》とか、そういう類なのか?」

「この土地は、夢で出来た蜃気楼。そして夢は、自分の映し鏡です」

浅葱は、空になった湯呑みを見つめながら、そう言った。

「夢……？　あれが夢だっていうことか？　あんなにリアルだったのに」

雨宮の声に、困惑が滲《にじ》む。しかし、浅葱は静かにこう答えた。

「夢もまた、現実の一つです。従来の夢はとても主観的なもので、他人が知覚することは出来ませんが、貴方の主観では、現実と同じ影響を齎《もたら》します」

浅葱は、か細い声でハッキリとそう言った。

「つまり、俺の悪夢が怪異として現れて、現実に影響を及ぼしていたってことか……？　もしかして、俺はこの先もずっと、あれに悩まされるのか……？」

浅葱は首を横に振ると、静かにハッキリとこう言った。

「怪異が夢であれば、自身と向き合うことで解決が出来ます」

「自身と、向き合う……？」

「貴方は、ご自身を赦《ゆる》してあげればいい」

「俺を、赦すだって……？」

雨宮の問いに、浅葱は頷く。

「貴方は、自身の実力不足で今の状況に陥《おちい》ったと思っているようです」

「……ああ」

「しかし、貴方は会社の不正を発見したからこそ、貴方が許せないと思っているような会社と縁が切れたのではないでしょうか？」

浅葱の言葉に、雨宮はハッとする。

雨宮の脳裏に、あの怪異の姿が浮かび上がる。しかし、不意に輪郭《りんかく》が曖昧になり、やがて、ぱっと飛び散って――。

「あっ……」

代わりに、会社に居続けた雨宮の姿が思い浮かぶ。不正を知らずに、捏造記事で評価された先輩を尊敬している姿が。そして、雨宮の地道な調査をした手堅い記事が、捏造記事に埋もれてしまう姿も。

そんな情景から目をそらそうとした瞬間、胸の中から、淡く輝く蝶々が飛び立つ。目で追う間もなく、それは幻のように虚空《こくう》へと溶けてしまった。

その代わりに、雨宮は自分の心が、嵐が去った後の海のように澄んでいるのを感じた。胸に抱いていた怒りが、洗い流されたような心地になった。

「あなたの中で渦巻いていたケガレが、海の向こうへと飛び立ったようですね」

「ケガレ……が？」

雨宮は、ゆっくりと浅葱に視線を戻す。浅葱は黙って頷いた。

「それにしても、悪縁が切れた――か。その考えは、思い浮かばなかったな……」

「新しい人生が始まると思えば、貴方の無念も少しは晴れましょう。不正に気付くだけの力があったと思えば、無力感も少しは拭えましょう」

「そう……だな」

雨宮は頷く。状況が変わったわけではないけれど、雨宮は自分の見ている世界が変わっていくのを感じた。

身体に染みついていた生臭いにおいが、薄れていくような気がした。

浅葱は、空になった湯呑みに三杯目のお茶を注ぐ。雨宮がそれを飲み干すと、気《け》だるさはすっかり失《う》せてしまった。

このお茶には、ケガレを祓い、人を落ち着かせる力がある。ただの昆布茶ではないと、雨宮は確信していた。

「……その、話を聞いて貰った上に、何杯も頂いてしまったが」

「今日は、貴方が綿津岬を訪れた祝杯のようなものとしておきましょう」

「そうか……」

「外の世界は、苦しいことも多いでしょうから……」

雨宮は、何処か同情すら漂う浅葱の言葉に、逡巡《しゅんじゅん》してから答えた。

「確かに、理不尽なことも苦しいことも多い。だけど、それだけじゃない。追いたいものも、あるしな」

今なら、ブログも更新出来そうな気がする。胸のつっかえが取れた雨宮は、自分の中でやる気が泉《いずみ》のように湧き上がるのを感じていた。

しかし、雨宮の言葉を聞いた浅葱は、わずかに目を丸くして雨宮を見つめた。

「追いたいもの……」

「どうしたんだ？」

「いえ、追いたいものがあるとおっしゃった時、あなたの目が輝いて見えたので。そうやって、外に羽ばたけるのは羨《うらや》ましい――と」

「羨ましい？　それは、どういう……」

淡々としていた浅葱が見せた羨望《せんぼう》の眼差《まなざ》しが、あまりにも意外で、雨宮もまた、目を丸くする。

しかし、浅葱が自分の気持ちを表したのは、それっきりだった。彼は、「失礼しました」と言ったきり、話は終わりと言わんばかりに、それ以上口を開こうとはしなかった。雨宮もまた、浅葱のそんな頑《かたく》なな態度が気になりながらも、追及することもできなかった。

やがて、落ち着いた雨宮は一礼すると、奇妙な喫茶店を後にする。

「あっ、そうだ」

礼を言い忘れていた。そう思って振り返ると、そこに喫茶店は見当たらなかった。

「えっ……」

細い路地と、住宅街が続いているだけだった。辺りを見回すと、そこは二丁目に続く橋の前であった。入店した時と全く違う光景に、思わず目を疑う。

昔ながらの木造の家屋が建ち並び、老人達が井戸端会議をし、ランドセルを背負った小学生達がのどかに歩いている。そんな平凡な風景だけが広がっていた。

そこに、あの不穏な気配はない。全て、雨宮の夢とやらが見せた蜃気楼だったのか。

「分からないことだらけだな……」

雨宮は、古い住宅街を後にする。不可解なことばかりだったが、不思議と、悪い気はしなかった。

「新しい人生、か」

浅葱の言葉は、ハッキリと胸に刻まれている。それだけで、彼が現実のものであったことを確信出来た。

礼を言い忘れてしまったが、また会えるだろうか。

「いや、会いたい……な」

あの、愁いを抱いた表情を思い出す。浅葱が秘めているものは、自分が今まで追って来たどの謎よりも、深いように思えて仕方がなかった。その向こうを、見てみたいと強く感じていた。

彼は一体、何者だったのか。

世の中には、分からないことが多過ぎる。浅葱と、この綿津岬という街も謎に包まれていた。

「この土地には、何かがある」

雨宮は確信していた。

彼が自責の念に駆られていたのは退職を余儀なくされた頃からであって、綿津岬にやって来てからではない。つまり、あの怪異は、この土地が見せたものだった。浮かび上がった謎の、真実を知りたい。雨宮の興味の矛先《ほこさき》が綿津岬へと向く。そして、あの美しい青年、浅葱にも。

帰宅すると、鍵穴の生々しい痕跡《こんせき》は消えていた。

夢と現《うつつ》が曖昧なまま夜を迎えたが、その日は怪異に襲われることはなかった。自分にまとわりつく生臭さは、すっかり消えていた。

翌日、雨宮は、近所のコンビニの求人へ応募した。あの、怪異に怯《おび》える店員がいた店だ。時給が良いのと、彼女のことが気がかりだったのもあったが、何より、浅葱に会いたかった。

浅葱は、怪談を聞きたがっていた。怪異があるところは、浅葱に繋がるのではないだろうか。

雨宮は彼に助けられた。もし、彼の愁いの原因を知ることが出来れば、その恩を少しは返せるかもしれない。

その決意は荒波のように雨宮の胸の内に押し寄せ、強い意志となっていたのであった。

第二話 窓の外の来訪者

綿津岬《わたつみさき》二丁目にあるコンビニには、何かがいる。

大学のグループSNSに投稿された一文が、人々の興味を集めた。

「芽衣《めい》がバイトしてるコンビニでしょ、これ」

講義が終わった後、隣に座っていた友人が尋ねる。一ノ瀬《いちのせ》芽衣は、曖昧《あいまい》に笑った。

「由樹《ゆき》に何を思って投稿したのか聞こうと思ったんだけど、なーんか避けられている気がするんだよね」

「まあ、そっとしておいた方がいいんじゃないかな」

一ノ瀬は、講義で使った参考書を鞄《かばん》の中に片付けながら答える。友人と目を合わせぬようにしながら。

「ふーん。何か、隠してるね？」

友人は、しかめっ面《つら》を寄せてくる。

「べ、別に……」

「同じバイト先だったし、何があったか教えてくれてもいいんじゃない？」

「特に、何もないよ」

何もない。

一ノ瀬は自分にそう言い聞かせていた。何かあると認めたら、あの場所で働けなくなるから。

「っていうか、従業員の人数が少ないらしいじゃない。大丈夫なの？　由樹も、辞める前はシフトの調整が大変だってぼやいてたし」

「大丈夫。新しい人が来てくれたから」

「へぇ、どういう人？」と友人が食い付いた。

「男の人」と一ノ瀬は素《そ》っ気《け》なく答える。

「カッコいい？」

「……それなり」

「これは、カッコいいとみた。見に行きたいなー」

「個人的に、悪くないタイプだと思っただけだから……」

一ノ瀬は、盛り上がる友人に一言添えた。

「そもそも、綿津岬って不思議な場所よね。芽衣達がバイトしてるっていうから様子を見に行ったんだけどさ、変な霧がかかってて」

「霧？」

「そう。豊洲《とよす》から綿津岬の方を見た時、すごい霧に包まれてたの。まるで、霧が街を守っているみたいで……」

そこまで言うと、友人は首を横に振った。

「ううん。綿津岬自体が、霧なんじゃないかと思うほどだった。海上に浮かんだ蜃《しん》気楼《きろう》のような——」

「やめてよ」

一ノ瀬はぴしゃりと言った。

「それじゃあ、私は蜃気楼の中で働いているってこと？」

「なに怒ってるの？　たとえ話じゃない」

たとえ話でも、一ノ瀬にとって愉快なものではなかった。

「私のバイト先が蜃気楼だったら、私は海上で働いているとでも？　確かに、あの場所は埋立地《うめたてち》だけど……」

「蜃気楼が消えたら、夢から覚めたみたいに綿津岬が消えちゃうとか」

「やめて！」

友人の冗談に、思わず声を荒らげる。友人は目を丸くしていたが、やがて、不機嫌そうに表情を歪《ゆが》めた。

「なによ。つまらないやつ」

友人は、それっきり話しかけてこなかった。それに対して、一ノ瀬は心底安堵《あんど》したのであった。

空は黄昏《たそがれ》に染まっていた。

大学の講義を終えた一ノ瀬がシフトに入ると、新人のアルバイトが品出しをしていた。

「雨宮《あまみや》さん、お疲れ様です」

一ノ瀬が声を掛けると、「お疲れ様です」と新人アルバイトの雨宮が微笑《ほほえ》む。友人には控えめに伝えたが、雨宮はかなりのイケメンだと一ノ瀬は思っていた。

雨宮はすらりとして上背《うわぜい》があり、ほどよい筋肉もついていて、顔立ちも凛々《りり》しくて男前の部類だった。爽《さわ》やかな立ち振る舞いと、ハキハキした物言いのためか、男性従業員にも受けは悪くなかった。

この人なら、きっと大丈夫。

一ノ瀬は自分にそう言い聞かせて、自然と込み上げて来た動悸《どうき》を落ち着かせる。

そして、何事もなかったかのように、雨宮の目を見つめた。

「その、どうですか？」と一ノ瀬は問う。

「どう、とは？」

「慣れたかなと思って」

「ははっ、まだ三日しか経《た》ってませんよ」

雨宮が笑うと、一ノ瀬も表情を綻《ほころ》ばせた。

「ふふっ、そうですよね」

「まあ、一ノ瀬さんをはじめとする皆さんの親切なご指導があるので、あまり不安はありません」

「それなら良かった。分からないことがあったら、遠慮なく聞いて下さいね」

「ええ、お言葉に甘えさせて頂きますよ」と雨宮は微笑んだ。

「分からないことといえば」

「はい？」

雨宮は周囲を見やり、客や他の従業員が近くにいないことを確認すると、声のトーンを下げた。

「一ノ瀬さんが言っていた、『怖いもの』についてなんですけど」

一ノ瀬は、息を呑《の》んだ。全身から、冷や汗がどっと噴き出るのが分かる。

彼女は、以前雨宮が客としてやって来た時に、「怖いもの」について話していた。夜になると外にいて、友人の由樹がバイトを辞める切っ掛けになったもののことを。

何故《なぜ》、あのことを話してしまったのか。一ノ瀬は自分に問いかける。

まさか、雨宮がアルバイトの求人に応募するとは思わなかったからだ。

それに、綿津岬に引っ越して来たという雨宮は、自分と同じような蜃気楼の中の迷い人に見えたから。

「『怖いもの』って、具体的にはどんなものなんですか？　自分が夜のシフトに入る時は、見当たらなくて」

「……実は、私もハッキリとは見ていないんです。友人から話を聞いただけで」

気配は感じたことがあるんですけど、と一ノ瀬は言葉を濁《にご》した。気配を感じた時、恐ろしくて顔が上げられなくなるのだということは、あまりにも恥ずかしくて口にしたくなかった。

「ああ、成程《なるほど》」

雨宮は、納得するように相槌《あいづち》を打った。

「だけど、自分は見ておきたいんですよね。というか、知っておきたいんです」

「怖いものを見たいだなんて」

一ノ瀬は、忌避《きひ》するように眉根《まゆね》を寄せた。

「知っておけば、一ノ瀬さんに警告も出来ますし」

「……アレは、近くにいれば分かります。アレは、とても怖くて禍々《まがまが》しい雰囲気なんです」

アレを見たと言った時の、取り乱した由樹の様子を思い出すのも恐ろしい。話題にするだけで、アレがコンビニのガラス張りの窓からこちらを覗《のぞ》いているような気がする。

一ノ瀬は、恐る恐る視線だけを窓の外に向けた。だが、そこにあるのは、昼と夜が混じった曖昧な空と、モノリスのようなシルエットになった綿津岬のタワーマンションくらいだった。

「因《ちな》みに、店長には？」

「辞めた友人が言いました。でも、取り合って貰《もら》えなくて。店長は、アレに遭遇することがなかったんです」

「そう、ですか……」

雨宮は考え込む。

一ノ瀬は、自分が嘘をついていると疑われているのではないかとすら思った。

「とにかく、このことは構わないで下さい。思い出したくもないので……」

「失礼しました。どうしても、気になってしまって」

「怪談が好きなんですか？」

「いや、苦手な方ですね。ただ、怪異の原因は気になるので」

雨宮は苦笑する。含みのある言い方だった。怪異のことでも調べているのだろうか。

一ノ瀬は雨宮のことが気になった。しかし、踏み込むのも野暮《やぼ》だと思ったし、怪異と関わりたくないとも思い、口を噤《つぐ》んだのであった。

その後、部活帰りと思《おぼ》しき高校生や、会社帰りの社会人の客がやって来て、一ノ瀬はレジの対応に追われた。

客を一通り捌《さば》き終えた頃には、店内で一人っきりになっていた。

「雨宮さんは……？」

そういえば、レジ対応をしている時に、バックヤードに行ってくると言われた気がする。恐らく、他の仕事のやり方を教えて貰っているのだろう。

時計を見れば、日没をとうに過ぎていた。

次々と来ていた客も途切れ、店内には有線放送だけが流れている。

白い照明の下で、綺麗《きれい》に陳列された商品が沈黙を守っていた。一ノ瀬は、その棚の陰に何かが潜《ひそ》んでいるような気がして落ち着かなかった。

出来るだけ息を殺し、店の一部になろうとする。そうしなくては、自分の身が守れないような気がして。

何から？

一ノ瀬の脳裏《のうり》に疑問が過《よぎ》る。

「それは、あの『怖いもの』から――」

掠《かす》れた声で呟《つぶや》いたその時であった、視界の隅に、動くものを見つけたのは。

「ひっ」

短い悲鳴が漏《も》れる。窓の外に、何かがいた。

一ノ瀬は目だけを動かし、店内を改めて見やる。やはり、客は一人もおらず、雨宮の姿も他の従業員の姿もなかった。

見ちゃ駄目。絶対に駄目。

一ノ瀬は自分に言い聞かせる。だが、窓の外から視線を感じていた。

窓の外の存在は、こちらを見ている。

それだけは、確実だった。

「た……」

助けてと叫びながらバックヤードに駆《か》け込みたかった。だが、一ノ瀬の身体は動かなかった。

視界の隅にある影が動いた気がする。店の前からいなくなったのだろうか。

安堵で胸を撫《な》で下ろしていたのも束《つか》の間《ま》のことで、自動ドアが開いた。生臭い臭いが、一ノ瀬の鼻の奥を衝《つ》く。

「いや……」

視線が全身に突き刺さる。嘗《な》め回すようなそれに、不快感のあまり総毛立った。

べしゃり、と湿った音がする。それが足音だと気付くのに、数秒を要した。強い潮の臭いが一ノ瀬に這《は》い寄り、身体を撫でまわしていく。

これはただ事ではない。

一ノ瀬はすぐに悟るものの、全身は岩にでもなってしまったかのように、いうことをきかなかった。

目だけがぎょろぎょろと動く。だけど、徐々に近づく足音の正体を見ることは出来ない。

——『あいつ』が来る時、決まって潮の臭いがするの。

かつて、共にアルバイトをしていた友人の由樹は、恐怖に歪んだ表情でそう言った。その翌日から、彼女はアルバイトに来なくなってしまった。

その頃、一ノ瀬は彼女を苦しめていたものに遭《あ》ったことがなく、彼女の話を信じながらも、ほんの少しの疑念を抱いていた。

今になって、それは間違いだと分かった。

あの時、由樹の話をもっと親身になって聞いていたら。一ノ瀬はそう思いながら、心の中で祈った。

誰か助けて、と。

濃厚な海の臭いが――生き物の腐った臭いが間近まで迫る。

刹那《せつな》、バックヤードのドアが開いた。

「一ノ瀬さん、レジ打ちのご指導をお願いしたいんですけど」

雨宮だ。

強張《こわば》っていた全身が、一瞬にして解放される。濃厚な臭いも同時に消えていた。

「一ノ瀬さん……？」

レジカウンターの中で座り込む一ノ瀬を見て、尋常ではない様子だと悟ったのか、雨宮がそっと駆け寄る。

「大丈夫ですか？」

大丈夫です、と何とか声を振り絞《しぼ》ろうとしたが、一ノ瀬は声が出なかった。雨宮は、注意深く周囲を見回す。

「何か、いたんですか？」

「……何も、いないんですか？」

一ノ瀬の口から辛《かろ》うじて出たのは、そんな一言だった。雨宮は、レジから離れて店の端や棚の裏を見回るものの、首を横に振るだけだった。

「何もいませんけど」

「何かいたような痕跡《こんせき》は？」

「……防犯カメラでも見てみます？」

暗に、そんなものはないと言う。

「いいえ……。気のせいかもしれませんし……。大丈夫です」

一ノ瀬はカウンターに手をかけて、なんとか立ち上がった。膝《ひざ》はがくがくと震え、指先まで血が通っていないかのような感覚だ。

「水でも持って来ましょうか？」

「大丈夫です、大丈夫……」

一ノ瀬は、雨宮の厚意を断る。

年上とはいえ、後輩に迷惑を掛けるわけにはいかない。

その後、一ノ瀬は雨宮にレジ打ちを教えた。その間、あの恐ろしい存在の気配はもう感じなかった。

一体、あれは何だったのか。

シフトが終わるまで、一ノ瀬はずっとあの気配のことを考えていた。そして、タイムカードを切り、コンビニを後にしてからも。

一ノ瀬は帰路につく。

彼女は、綿津岬三丁目にある小さなアパートで独り暮らしをしている。コンビニの弁当が入ったビニル袋を片手に、重い足取りで歩いていた。

「はぁ……」

深い溜息《ためいき》を吐《つ》く。

アパートに帰るには、二丁目の薄暗い住宅街を通らなくてはいけない。高い塀に囲まれた一軒家や、古ぼけた単身者用のアパートが並び、夜だというのに家の中から人の気配をあまり感じなかった。

街灯《がいとう》も、バイト先の周辺と比べたらまばらだった。

街灯と街灯の間には闇が横たわり、そこに人がいたとしても、どんな人物か窺《うかが》うことは出来ないだろう。

当然のように人通りもなく、生ぬるい潮風が一ノ瀬の腕を撫でていった。

「早く帰らないと」

闇が蟠《わだかま》る通りに踏み込むのを躊躇《ちゅうちょ》していた一ノ瀬だったが、一気に歩を進めた。大股《おおまた》で進んでしまえば、何ということもない。

その時、不意にボトムスのポケットに入れていた携帯端末が振動した。「ひぃ」と一ノ瀬は悲鳴をあげてしまう。

思わず立ち止まって画面を見ると、ＳＮＳの通知だった。明日の講義の後、何処《どこ》かで飲もうという友人からのメッセージが入っていた。

「……バイトのシフトが入ってるし」

欠席の意思を示すスタンプを返信する。

ちょっとだけ惜しかった。気晴らしでもしたかった。そう思いながら、一ノ瀬が画面から目を離そうとした時、或《あ》ることに気付いてしまった。

目の前に、足がある。

一ノ瀬は携帯端末の画面から目を離さないまま、気付かない振りをして通り過ぎようとした。

街灯と街灯の間、闇に包まれた場所に、足は直立不動だった。

足だけで分かる。相手が、男だということは。

「あっ……」

一ノ瀬の脳裏に、フラッシュバックする。幼い頃に遭遇した、忌《い》まわしい事件が。

自然と、呼吸が荒くなる。幼子であった自分に伸ばされた、大きな手を思い出す。あの、夕暮れ時の空を覆《おお》い隠すような手を。

そして、気付いてしまった。その足が、自分に向けられたものであることに。

「嘘……」

ついて来る。

ツンとした生臭さが鼻を衝く。コンビニで感じた、あの臭いだ。

まさか、アレが待ち伏せしていたのか。

本能が、危険だと告げる。

一ノ瀬は、咄嗟《とっさ》に自分のアパートへ向かって走り出した。

「いや……！」

ぬらぬらした風が追いかけてくる。アスファルトを必死に蹴《け》り、足が痛くなるほどに走った。喘《あえ》ぐような呼吸のせいで、喉《のど》も破れそうだ。

足音は、一ノ瀬を追いつめるように、徐々に近づいて来る。

「来ないで！」

薄暗い住宅街を抜けた先に、交差点があった。二丁目と三丁目の境界だ。

そのすぐそばに、一ノ瀬が部屋を借りているアパートがある。新しくて清潔感がある白い外装のアパートだ。

一ノ瀬は門を開けて敷地内に飛び込むと、外階段を駆け上がる。ポケットの中の鍵を引っ掴《つか》み、玄関の鍵穴に無理矢理差し込んだ。

鍵が開くなり、一ノ瀬は自分の部屋に転がり込む。

エントランスに設置された自動照明が点灯し、一ノ瀬を明るく迎えた。

一ノ瀬は息を吐く間もなく、鍵を内側からしっかりと掛けた。ドア越しに耳を澄ませるが、あの足音はしない。

諦めたのだろうか。あれは何者だったのか。そして、自分に何の用なのか。

一ノ瀬はドアに寄りかかると、ずるずるとへたり込んでしまう。最早《もはや》、足に力が入らない。しばらくの間、こうしていようか。

それほど長くない廊下の奥に、真っ暗なフローリングの六畳間がある。チクタクという時計の秒針の音が、やけに大きく聞こえた。

どれほどの時間が経っただろうか。

一ノ瀬は、ようやく立ち上がれるほどに落ち着いた。

ドアの外は、足音も気配もせず、実に静かだった。あれは、疲れた自分が見た夢なのではないかと思い始めるほどだ。

だが、ドアを開くことは出来なかった。アレが息を潜めて、外にいるのではないかと勘繰《かんぐ》ってしまっていた。

「もう、今日は外に出ないようにしよう……」

一ノ瀬はのろのろとキッチンスペースの電子レンジに歩み寄り、お弁当を温める。ハンバーグ定食弁当からは、かぐわしい香りの湯気がほこほこと立っていた。

その温《ぬく》もりを感じただけで、一ノ瀬の心の中に巣食う不安は吹き飛ばされる。

一ノ瀬はハンバーグ定食を頬張《ほおば》りながら、ＳＮＳで友人と他愛のない会話を交わし、シャワーで汗を流した後で眠りについた。


そのお陰か、翌日は晴れやかな朝を迎えた。

一ノ瀬はいつものように朝食を取り、支度《したく》を済ませて大学へ向かおうとする。

その時には、昨日の出来事はすっかり忘れていた。しかし、玄関のドアを開いた瞬間、恐怖の記憶が鮮明に蘇《よみがえ》った。

「なに、これ……」

ドアの前では、カラスが死んでいた。

真っ黒な布切れのようになり、無残な姿で転がっていた。喉を掻《か》っ切られたようで、僅《わず》かな血が白い床を汚していた。

自然に死んだものでないことは、明白だった。一ノ瀬はその場で倒れ込みそうになる。

カラスの遺体には、あの生臭さが染みついていたのであった。

一ノ瀬は死体を処分し、何とか大学に辿《たど》り着いた。

「うわっ、ひどい顔。大丈夫？」

友人は、開口一番こう言った。彼女が一ノ瀬に手鏡を見せると、唇まで青ざめた自分の顔が映った。

「本当だ、ひどい顔……」

「何があったの？」

友人は問う。

輪になって話していた他の友人達も、一ノ瀬の話に耳を傾けた。

「家の前でカラスが死んでて……」

「最悪じゃん。死に場所を考えてよー」

友人の一人が、露骨に表情を歪めた。

「ううん。カラスは誰かに殺されたみたいなの」

一ノ瀬の言葉に、友人達は息を呑む。

「なにそれ。殺されたカラスの死体が家の前に置かれてたってこと？」

「恐らく……」

友人の問いに、一ノ瀬は頷《うなず》く。

「ついに、あんたのところにも来たんだね……」

「由樹!?」

一ノ瀬は声をあげる。

彼女に負けぬほど顔を青ざめさせてやって来たのは、「怖いもの」を見た張本人の由樹であった。

いつも派手でメイクもばっちり決めていた彼女は、バイトを辞めてから、メイクもせず周囲に溶け込むほど地味な服ばかりを着るようになっていた。

由樹は、辺りをしきりに気にしているようだった。話している時も、真《ま》っ直《す》ぐ一ノ瀬を見ることなく、教室の窓の外を窺っていた。

「もしかして、コンビニの外にいる『怖いもの』の仕業《しわざ》なの……?」と一ノ瀬は問う。

「恐らく」

「あれは一体、何なの?」

一ノ瀬の疑問に、「私も分からない」と由樹は頭《かぶり》を振った。

「でも、関わってはいけないものだと思う」

「そう……だね」

由樹の言う通りだった。あの存在から感じる視線は、おぞましいことこの上なかった。

「だから、逃げるの。だから私は、あの店を辞めたの」

バイトを辞めてからは、由樹はあの妙な気配を感じることはなくなったのだという。

　だが、その代わり、一ノ瀬が怪現象に見舞われることとなってしまった。

「芽衣も辞めたら？」

　友人の一人がアドバイスをする。これには由樹も賛成だったようで、深々と頷いた。

「……そうしたいところだけど、お金を稼がないと。実家はあんまり裕福じゃないし」

　裕福じゃないという表現は控えめだった。奨学金のお陰で、何とか大学に通える状態だ。

「でも、他に割のいいバイトがあるんじゃないの？」と友人が首を傾《かし》げる。

「ううん。あのコンビニ以上の時給のバイト、見たことがなくて」

「何を言ってるの！　何かあってからじゃ遅いのよ！」

　由樹は声を荒らげる。一ノ瀬と友人達は、彼女の剣幕に気圧《けお》されていた。

「……ごめんなさい」

　由樹はそれに気付き、謝罪する。一ノ瀬は、「ううん」と首を横に振った。

「その、他にどんなことがあったの？」

　一ノ瀬は、由樹に問う。由樹はまた窓の外を確認してから、気乗りしない様子で話し出した。

「芽衣とほとんど同じ状況よ。でも、徐々にエスカレートしていって、アルバイト先のロッカーに入れていたバッグがズタズタにされていたこともあったわ。獣に切り裂かれたようにね」

「そんなことが……！」

一ノ瀬は衝撃を受ける。由樹がそんな目に遭っていたなんて、知らなかった。由樹は、「口に出したくもなかったから」と言った。

「ロッカーって、鍵がかかってるよね。それなのに……？」

「そう。鍵は私が持ってたのに。とにかく気持ちが悪くて、あの場所から逃げるのに必死だった」

変わり果てたそのバッグには、生臭い臭いが染みついていた。それを切っ掛けに、由樹はアルバイトを辞める決意をしたという。

「それって、アレが……？」

一ノ瀬は、震える声で問う。

「多分。バイトを辞めたら、そんなことはなくなったから」

由樹の言葉に、しばしの沈黙が訪れる。先にそれを破ったのは、重々しい口調の一ノ瀬だった。

「アレは、何だと思う？」

「……本当に分からない。でも、ひどい臭いだった。一度だけ、アレの姿を見ようとしたことがあったけれど――」

由樹はそこまで言うと、口を噤む。一ノ瀬と友人が顔を覗き込むが、首を横に振った。

「何でもない」

「由樹……」

「とにかく、芽衣もあの店を辞めよう。やっぱり、あの土地はおかしいよ」

由樹は一ノ瀬の肩をしっかりと摑む。

「おかしいって……」

「だって、あんなに死んだ生き物の臭いがするところなんて他にないから。芽衣も、あのバイト先とは縁を切って、あの土地から出なさい」

由樹の指先は、一ノ瀬の肩に喰い込まんばかりだ。肩に痛みを感じながらも、一ノ瀬は度々《たびたび》感じるツンとした異臭を思い出していたのであった。

その日も、一ノ瀬はアルバイト先へと向かった。傾いてはいるが、空にはまだ太陽があった。

綿津岬へと足を踏み入れるものの、死んだ生き物の臭いはしない。それとも、もうとっくにその臭いに染まってしまって、気付けないだけなのだろうか。

携帯端末で時刻を確認すると、ギリギリの時間になっていた。早く行かなくてはと思い、裏道を使う。

裏道といっても、建物と建物の間にある細い路地を通ればショートカットになるといった程度だ。路地は狭すぎて、猫が二匹すれ違うのが精いっぱいだった。

どうして、自分はこんなに急いでいるのか。いっそのこと、あんな恐ろしいアルバイト先なんて、行かなければいいのではないだろうか。

でも、お金を稼がなくてはいけない。そうしなくては、奨学金だけでは足りなくなってしまうし、親にも迷惑をかけてしまう。

そして、一ノ瀬の脳裏には雨宮のことがあった。

雨宮の真っ直ぐな眼差《まなざ》しを見ていると、安心する。実を言うと、彼が新人として来てくれてから、一ノ瀬の不安感は少しだけ和《やわ》らいだのであった。

彼は、虚構を見破って真実を見つけてくれそうな気がしたから。

「ちゃんと相談しよう……」

一ノ瀬は、雨宮に洗いざらい話すことを決意する。そうすれば、助けて貰えるかもしれないから。

でも、由樹の話からして、相手は人間ではない。異形《いぎょう》のものの類《たぐい》だ。しかも、自分と由樹にしか見えていない。雨宮に話したところで、どうにかなるだろうか。

「だけど、話さないよりは――」

万が一の時のために、情報を共有しておいた方が良い。

そう決意して、狭い路地を曲がろうとする。曲がり角を抜ければ、コンビニの裏手に出るはずだ。

その時だった。

ひどい臭いが鼻を衝く。一ノ瀬の本能が危険を告げた。

「あ……！」

一ノ瀬の喉から、掠《かす》れた声が出る。

彼女の腕は、摑まれていた。曲がり角からぬっと飛び出した、白くぶよぶよとした手に。

「いや……！」

慌てて振りほどこうとする。だがその瞬間、腕に痛みが走った。

鮮血が飛び散る。切り裂かれた一ノ瀬の腕は、一瞬にして血で染まった。

まずい。

鉄錆《てつさび》のような臭いと、生々しい異臭が混ざる。一ノ瀬は傷ついた腕を押さえながら、コンビニとは反対方向に逃げ出した。

何故、日が沈んでいないのにアレが現れたのか。アレは、夜に出没するという幽霊や化け物の類ではないのだろうか。

躓《つまず》きながら逃げる一ノ瀬の背中に、追い縋《すが》るような足音が迫る。

「誰か助けて！」

叫び声をあげるものの、建物の裏手にある狭い路地での出来事だ。誰かが通りかかるどころか、叫び声すら届かないだろう。

一ノ瀬は、我武者羅《がむしゃら》に走った。最早、路地を抜ける道すら分からないほどに混乱していた。すると、目の前の建物に、ドアがあるのが目に入った。

一瞬だけ見えた看板に、『ニライカナイ』と書かれていた気がした。しかし、確認する余裕もなくドアを開き、転がるように逃げ込んだ。

途端に、静謐《せいひつ》な空気が一ノ瀬を包み込んだ。

廃墟を利用したような内装だが、清潔感があった。潮の香りが漂《ただよ》っているものの、生臭さはない。

「いらっしゃいませ」

奥から声がした。静かな男性の声だ。

男性の声と知った一ノ瀬は、自然と身体が強張るのを感じた。しかし、一ノ瀬が自身に大丈夫だからと言い聞かせる前に、穏やかな海の香りが彼女の緊張を和らげた。

一ノ瀬は、すっかり上がった息を静かに整える。

よく見れば、奥にテーブル席とカウンターがある。ここは喫茶店なのだと、一ノ瀬は悟った。

「どうぞ、こちらへ」

「で、でも」

あの恐ろしい存在がやって来る。今すぐ、ドアに鍵をかけた方がいいのではないだろうか。それとも、助けを求める方が先か。

一ノ瀬が迷っていると、「こちらへ」と再度招かれた。

ドアの向こうから、不穏な気配は感じられない。それどころか、外界と隔絶されたような空気すら感じた。

一ノ瀬は、声に導かれるようにして、フラフラと歩き出す。すると、カウンター席の向こうに、着物姿の男性が佇《たたず》んでいた。

一瞬、絵画でも置かれているのかと思った。だけど、立体感がある。では、マネキンだろうかとすら思った。

それほど、その男性は美しく、完璧だった。呼吸をしていないのではないかと思うほど、生々しさがなかった。

「貴方《あなた》は……」

「このニライカナイの店主、浅葱《あさぎ》です」

浅葱と名乗った男は、一ノ瀬の腕を見つめる。一ノ瀬は、自分が出血していることを思い出した。自覚した瞬間、ずきずきとした痛みが襲ってくる。

「あっ、すいません……！」

一ノ瀬の腕から、血が点々と床に落ちていた。すっかり汚してしまった。古い木の床であったが、綺麗に磨かれていたのに。

「座りなさい」

浅葱は表情一つ変えずに、一ノ瀬を促《うなが》す。一ノ瀬がカウンター席に着くと、浅葱はカウンターの向こうからやって来た。

足音すらしない。あの恐ろしい存在よりも、幽霊のようだと思った。

だけど、不思議と浅葱は恐ろしくなかった。

「動かないで」

浅葱は一ノ瀬の前に跪《ひざまず》くと、いつの間にか手にしていた包帯を巻き始めた。

「応急処置です。あとで、適切な処置をして下さい」

「あ、有り難う御座《ござ》います……」

　止血のために包帯をギュッと巻かれたため、一ノ瀬は痛みを感じるものの、身を裂かれるほどではなかった。きっと、傷は浅いのだろう。

「助かりました。まさか、こんなところに喫茶店があるなんて……」

　一ノ瀬の前で、浅葱はガラスの急須《きゅうす》で湯呑《ゆの》みにお茶を注ぐ。ふわりと海の香りが、一ノ瀬の鼻腔《びこう》を擽《くすぐ》った。

「どうぞ。気持ちが落ち着くかと」

「あ、有り難う御座います」

　一ノ瀬は、おずおずと注がれたお茶に口をつける。それは、昆布茶《こぶちゃ》だった。

「懐かしい味……」

　ずっと昔に飲んだことがあるような、しかし、どれとも違うような、奇妙な感覚にとらわれる。いずれにせよ、このお茶が優しい味だということは確かだった。

「お陰様で、随分と落ち着きました。その、何とお礼を言ったらいいやら……」

　お礼、という単語を聞いた浅葱は、静かに返答した。

「この店を訪れたということは、貴女《あなた》は怪談をお持ちのようですが。それを、お聞かせ願えればと」

「怪……談……」

　浅葱の言葉に、一ノ瀬はギョッとする。それと同時に、浅葱の光を通さぬ黒曜石《こくようせき》のような瞳に、違和感を覚えた。人の瞳孔《どうこう》は、こんなに大きかっただろうかと。これではまるで――。

一ノ瀬はそこまで考えるものの、首を横に振る。

これ以上考えるのはよそうと、思考を放棄して事情を話し始めた。

コンビニに来る恐ろしい存在。襲われた友人の由樹と自分の話を。

「貴女は、その存在と向き合おうとしましたか？」

浅葱は静かに問う。一ノ瀬は、首を横に振った。

「だって、恐ろしくて……。あのおぞましい視線と、ひどい臭いを感じたら、目をそらしたくなります」

「目をそらしたくなるのは、それだけですか？」

「えっ……」

違う、という明確な答えを、一ノ瀬は持っていた。目をそらしたくなるのは、もっと、古くて忌まわしい記憶で……。

「貴女の悪夢が、現実と重なっているのです。先《ま》ずは、悪夢と向き合い、目を覚ましましょう」

浅葱の声は、一ノ瀬をそっと包み込むように優しかった。打ち寄せる波が砂浜に隠されたものを暴《あば》くように、一ノ瀬の記憶の断片が掘り起こされる。一ノ瀬は促されるままに、恐る恐るその断片を組み合わせてみた。

「そうだ……」

全《すべ》てのピースが、ぴったりとはまった。

「私は昔、攫《さら》われそうになったんです」

あれは、小学校に通い始めたばかりの頃だったか。

夕暮れ時、誰もいない公園で、見知らぬ男に腕を掴まれた。いいや、その男には見覚えがあった。一ノ瀬が下校する時に、いつも校門にいて、一ノ瀬と友人達をじっと見つめていた。

その時は、無我夢中で逃げた。男が一ノ瀬を公園の外まで連れ出した時、たまたま、近所の高校に通う男子達が通りかかったのだ。一ノ瀬は悲鳴をあげて彼らに異常を知らせ、男が怯《ひる》んだ隙《すき》に、その魔の手から脱出した。

「あれから、男の人が怖くて……。あ、でも、ずっと怖いわけじゃないんです。大丈夫そうだと思った人には、普通に接することが出来るんですけど……」

でも、本能的に出来るだけ関わりたくないと思っているのか、どうも避けてしまう。高校生の頃、憧れていた男の先輩がいたものの、どうしてもそばに寄れなくて、見ているだけで終わってしまった。雨宮とちゃんと接することが出来るのは、アルバイトで強制的に話す機会が設《もう》けられているからだろう。

「貴女を悩ませている怪異は、男性ではないでしょうか」

「あっ……」

一ノ瀬は、浅葱の言葉が腑《ふ》に落ちるのを感じた。

「あの『怖いもの』も、男性だから……」

「だからこそ、直視出来ないのではないでしょうか」

「で、でも、それだと余計に……立ち向かうことなんて……」

一ノ瀬はうつむいてしまう。しかし、浅葱の口から零《こぼ》れたのは、意外な言葉だった。

「立ち向かわなくてもいいのです」

浅葱は、表情少なに言った。

「それは、どういう……」

「向き合い、正体を見極めることが必要です。その上で、立ち向かえるものならば、立ち向かえばいい。そうでなければ、別の手段をとってもいい」

「正体を、見極める……」

「相手が何かを知らなくては、何も出来ません」

浅葱の言うことは尤《もっと》もだった。一ノ瀬は、あの恐ろしい存在から目を背《そむ》け続けていた。

「だけど、もし、実体がなくて、私にしか見えなかったら……」

由樹が訴えた時も、店長は目撃しなかったからということで、相手にされなかった。鍵がかかっているロッカーの中身も、何故か物色されていた。

相手は、物理的な理《ことわり》が通じない相手に決まっている。自分もまた、同じ運命を辿るのではないかという不安が、波のように押し寄せて来た。

しかし浅葱は、一ノ瀬を安心させるようにこう答えた。

「貴女が得た情報を、誰かと共有することは出来ます。貴女たち人間は、意思の疎《そ》通《つう》に長《た》けていますから」

「そう……ですね」

もし共感出来なくても、情報を共有することは出来る。そこから見えて来るものもあるだろう。

しかし一方で、一ノ瀬は違和感を覚えていた。浅葱の物言いは、まるで自分が人間ではないかのようだった。

「この土地は、悪夢が現実になりますから」

「どういう……意味ですか？」

「自身を苦しめる悪夢から逃《のが》れるには、目を覚ますことが必要なのです」

確かに、一ノ瀬を襲ったのは悪夢のような出来事だ。だけど、それはあまりにも現実味を帯びていて、夢や幻想とは言い難いものだった。

だからこそ、向き合う必要があるということだろうか。

「……私、行きます。バイトに遅れてしまうので。折角《せっかく》助けて頂いたのに、注文もせずに申し訳ないんですけど……。あ、そうだ。お茶代は……！」

一ノ瀬は、財布を探ろうとする。しかし、浅葱は気にする様子はなかった。

「構いません。私は貴女から、怪異の話を頂きましたから」

「えっ？」

一ノ瀬は不思議そうな顔をするものの、浅葱はそれ以上、何も言わなかった。

不思議な感覚に包まれながらも、一ノ瀬は店を後にする。

せめて、次に来た時には何かを注文しよう。そう思いながら店の方を振り返ると、そこには、壁があるだけだった。

「あれ？」

一ノ瀬は、辺りを見回す。しかし、ニライカナイと書かれた看板も、ドアも見当たらなかった。

だけど、腕に包帯は巻かれている。あれは、夢ではなかったのか。

狐につままれたような感覚のまま、一ノ瀬はコンビニへと向かう。曲がり角を用心深く通り過ぎ、コンビニの裏手までやって来た。

従業員用の駐車場に停められた店長の車の向こうに、従業員のみが使う通用口が一ノ瀬を待っていた。

「何とか、辿り着いた……」

一ノ瀬は、通用口へと向かう。その時、車の陰から、獣のような影が飛び出した。

「あっ……！」

ツンとした生臭さと共に腕を摑まれ、アスファルトの地面へと放り出される。一ノ瀬の華奢《きやしや》な身体は、あっけなく地面に叩きつけられた。

「そんな……」

コンビニの裏手で待ち伏せしていたなんて。一ノ瀬の目には、男の足が映った。それは、昨日の帰り道に見たものと同じだった。

怖い。

にじり寄る足から、目をそらそうとする。あれはいけないものだと本能が警告し、身体は金縛《かなしば》りにでも遭ったように動かなくなる。

目をそらそうとした時、腕に巻かれた白い包帯が視界に入った。

ちゃんと向き合わなくては。

一ノ瀬は己《おのれ》を奮《ふる》い立たせると、その姿を捉《とら》えんとした。

真っ先に目に映ったのは、赤黒い血を滴《したた》らせたナイフだった。それを手にしているのは、異形の類ではなく、見知らぬ男だった。よれよれのシャツを身にまとい、強い殺意と禍々しい欲望を目に宿していた。

「ここは俺の父さんの土地。ここに来る女は、みんな俺のものだ……！」

「や……、雨宮さん！　店長！」

ナイフを振り上げる男を前に、一ノ瀬は叫んだ。すると、通用口のドアが開け放たれ、雨宮が駆け付けた。

「一ノ瀬さん！」

雨宮は、男に摑みかかる。男はナイフで応戦しようとしたが、遅れて飛び出して来た壮年の男性である店長が、男のナイフを取り上げた。

男は二人に組み伏せられ、口の端から泡を吹き出しながらわけの分からないことを喚《わめ》いていた。「この女はおれのものだ」とか「前の女は逃げたが、もう逃がさない」と。耳を塞《ふさ》ぎたくなるくらい、おぞましい妄執《もうしゅう》だと一ノ瀬は思った。

「異形のものじゃなくて……人間……」

風が、生臭い異臭を拭《ぬぐ》い去って行く。目の前を、淡く輝く蝶々《ちょうちょう》が横切った気がしたが、目で追おうとした時には見えなくなっていた。その代わり、世界がやけに鮮明に見え、心のつっかえが取れたような気がした。

それこそ、海岸に堆積《たいせき》していた不要なものを、波がすっかり連れて行ってしまったかのように。

店長が通報したため、パトカーのサイレン音が遠くから近づいて来た。

「大丈夫ですか？」

雨宮が心配そうに声を掛ける。一ノ瀬は、「大丈夫です」と気の抜けた返事をした。雨宮に声を掛けられても、緊張することはなくなっていた。

「私に見えていた怪異の正体は、これだったのでしょうか……」

「これで怪異がなくなれば、そうだったのかもしれないですね」

「そっか……。ちゃんと実体があったんだ……」

店長に組み伏せられた男を、一ノ瀬は眺めていた。

相手に実体もあれば、包帯を巻かれた腕の痛みも現実だ。一ノ瀬が恐怖のあまり目をそらし続けていたら、今、地面に転がっているナイフは自分の胸や首元に突き刺さっていたかもしれない。そんな光景が、頭を過った。

背筋を、冷たいものが伝う。

風が運んで来る潮風を吸い、一ノ瀬は生きていることを実感したのであった。

その後、男は警察に連行された。

店長から従業員に説明があり、男はオーナーの息子だということが判明した。妄想が激しい人物だったようで、従業員は全てオーナーである父親のものだと思っていたし、息子である自分にもその権利があると思っていたという。

「女性従業員を、自分の妻にしようとしていたそうだ。その品定めをするために、女性従業員がいる時間帯は、外で張り付いていたみたいだな」

気付けなくて済まない、と店長は謝罪する。家を突き止めた相手には、自分の存在を主張するために、生き物の死体を贈ったのだという。由樹のロッカーの鍵も、オーナーの息子だという立場を利用して、管理会社から手に入れたのだろうということだった。

「何というか、時代錯誤《さくご》な主張だよな……。昔だとその、農村ではそんな考え方もあったようだが」

店長は、苦い顔をしてそう言った。月島《つきしま》から通っている店長は、「全く、よく分からない街だよ、ここは」とぼやいた。

一ノ瀬の怪我《けが》については、然《しか》るべき賠償がなされるとのことだった。オーナーからの謝罪もあり、二度とあのようなことがないように努めると誓ったそうだ。店長もまた、一ノ瀬達の力になれなかったことを深く反省していた。

それ以降、コンビニに怪異が現れることはなかった。

怪異の正体はこの世ならざるものではなかったが、それ以上におぞましいものだった。

一ノ瀬は事件を振り返っては、時々思う。

オーナーの息子は、どうしてあんな妄執に取りつかれてしまったのか。

「……あの人もまた、蜃気楼に魅入《みい》られていたのかも」

それこそ、一ノ瀬達がオーナーの息子を怪異だと思い込んでいたように。

友人の由樹もまた、一ノ瀬のようにトラウマがあり、悪夢に惑《まど》わされていたのだろう。彼女は綿津岬と縁を切ったので、もう怪異に悩まされることはないだろうが。

この街は、人を惑わすのだろうか。

だが、一ノ瀬はもう少し、この街で生きていかなくてはいけない。自分の、今と未来のために。

だから、ちゃんと目を見開いて、蜃気楼の向こう側を見極めなくては。

後日、一ノ瀬は、かつてのトラウマから救い出してくれた浅葱にお礼を言うために、そして、今度こそちゃんと注文をするために、ニライカナイという店を探したものの、辿り着くことはなかったのであった。

第三話 嵐の予兆

綿津岬。

その地名の由来は、かつては魚が豊富に獲《と》れる場所であり、江戸時代に『海神《わたつみ》岬』と呼ばれたことからだという。

雨宮《あまみや》は、アパートの大家がそんな話を教えてくれたのを思い出しながら、運河を見つめていた。

運河の向こうには、月島《つきしま》が見える。幾つものタワーマンションが聳《そび》え立ち、青空を覆《おお》っていた。

運河沿いには、ちらほらと人影がある。

小さな折り畳《たた》み椅子《いす》に、大柄の男性が腰かけて、背中を丸めながら釣りをしていた。

垂れ下がった釣り糸が、ピンと緊張したように張る。手応《てごた》えがあったようで、男性はリールを巧みに巻いていた。

「釣れるのか……」

雨宮はぽつりと呟《つぶや》く。

男性の手の中では、海の中から引きずり出された魚が、海に還《かえ》してくれと訴えるようにもがいていた。

あの男性のような釣り人は、ぽつぽつと見かける。

しかし、運河から漂《ただよ》うツンとした死の臭いが、雨宮の食指を動かさずにいた。

もしかして、綿津岬で獲れた魚を、街の飲食店で提供しているのだろうか。

ふと、そんな考えが過《よぎ》って、雨宮は背筋に冷たいものを感じた。

綿津岬で獲れた魚は、どうも食べる気になれない。男性が釣った魚は丸々と太っていたが、目はやけに大きく、濁《にご》っていた。何という種類か、雨宮にはよく分からない。深海魚のような得体の知れなさがあった。彼らの腹の中に、何が入っているか分かったものではない。

「どうも、引っかかるんだよな」

雨宮は運河を背にして歩き出す。

綿津岬の地名の由来や、綿津岬そのものに、歪《いびつ》な違和感を覚えていた。

そんな雨宮の脳裏《のうり》に、儚《はかな》げな青年の姿が浮かぶ。

浅葱《あさぎ》との出会いは、まるで夢のような出来事であったが、彼の存在は確かなものだと確信していた。彼が言っていた、「この土地は、夢で出来た蜃気楼《しんきろう》」という言葉も引っかかっている。

また、彼に会いたい。

日に日に、そんな想いが募《つの》っていた。

それに、あの羨望《せんぼう》が垣間《かいま》見《み》えたやり取りも気になる。

彼は、「外に羽ばたけるのは羨《うらや》ましい」と言っていた。浅葱は何らかの理由で、あの場所から出られないのだろうか。

もし、外に出ることが、彼の望みなら――。

「……手を差し伸べることは、出来るだろうか」

あの哀《かな》しそうな顔を思い出すだけで、胸がざわつく。彼の手を取り、彼をあの場所から連れ出すことが出来れば、謎めいた彼の向こう側を見ることが出来るかもしれない。

雨宮は、まとわりつく海風を振り払うように歩きながら、ある場所を目指していた。

ニライカナイという喫茶店の手掛かりを探すために、綿津岬一丁目へと。

二丁目から一丁目へと入るには、橋を渡る必要がある。そこに、細い運河があるからだ。

二つの区画を繋《つな》いでいるのは、朱色の橋だった。

木製と思《おぼ》しきその橋は、年季が入っているにもかかわらず、塗装が剝《は》げた様子もなく、異様なまでに手入れをされていた。

雨宮は息を吞《の》む。この先で起きた出来事を思い出すと、自然と足がすくんだ。

しかし、意を決して橋を渡る。自分にまとわりついていた海の臭いが、一層濃くなったような気がした。

一丁目は、古びた木造家屋ばかりだ。しかし、真昼の青空の下、一見しただけでは、怪しい影は見当たらない。罅《ひび》割れた道路に映るのは、自分の真っ黒な影だけだ。

大丈夫だろう、きっと。

雨宮は心の中で、自分に言い聞かせる。

日差しは、じりじりと暑かった。

梅雨《つゆ》が明けたというのに、湿気で息が詰まりそうだ。まるで、海の中に放り込まれたみたいだった。

どの家からも、人の気配だけがひしひしと伝わって来た。家の主達が、ひっそりと息を殺してこちらを監視しているかのように。

雨宮は息苦しくて仕方がなかった。家々から放たれる視線を感じながら、それに追い立てられるように住宅街の奥へ奥へと進んだ。

「ここは……」

突き当たりに辿《たど》り着くと、鬱蒼《うっそう》と茂《しげ》った木々に囲まれた異様な空間が、雨宮を迎えた。

目の前に聳えているのは、鳥居だった。ちょうど、朱色の橋の直線上に存在していた。

「まさか、海神《わたつみ》神社か……」

雨宮は、アパートの大家が言っていたことを思い出す。一丁目には神社と資料館があり、街の成り立ちを知れると。

「いかにも」

背後から、突如《とつじょ》として老人の声が聞こえた。

雨宮が振り返ると、そこには背中が丸まった老人が佇《たたず》んでいるではないか。皺《しわ》くちゃになった顔と、しわがれた声からは、老人が男性だか女性だかを判断出来なかった。

「ここには、わたつみ様が祀《まつ》られている」

「海神様……ですか」

「その通り。この辺りは、魚がたくさん獲れる場所だった。だから、こうして神社をこしらえて、わたつみ様をお祀りしているんだよ」

老人はそう言って口角《こうかく》を吊《つ》り上げた。老人の歯は欠けていて、そこから虚空《こくう》が覗《のぞ》いていた。

「今でも、魚は獲れるようですが」

雨宮は、先ほどの釣り人のことを思い出す。だが、老人はじっとりとした視線を雨宮に向けた。

「あんなもの、獲れるうちに入らないさ」

「昔はもっと獲れたんですか？」

「勿論《もちろん》。江戸時代は、それで生計を立てていた人がいたくらいだからね」

「成程《なるほど》。それほど獲れるとなると、確かに海神様の恩恵だと思いますね」

雨宮は、改めて目の前の神社を見やる。

鳥居は石造りだった。塗装はされておらず、石そのものの白っぽい色であったが、その分、重々しい感じがした。

鳥居の向こうには敷石《しきいし》が点々と続いていて、奥に社殿《しゃでん》が佇んでいる。

社殿はそれほど大きくない木造の建屋《たてや》であったが、所々が苔《こけ》むしていて、厳《おごそ》かな雰囲気が伝わって来た。

「お詳しいんですね」と雨宮は老人に言った。

「私は綿津岬の生まれだからね」

「綿津岬の人間……ということですか」

すなわち、よそ者ではないということか。引っ越して来たばかりでよそ者ともいえる雨宮は、この老人から綿津岬のことを何か聞き出せないかと思った。

「もしかして、一丁目にお住まいなんですか？」

「何故《なぜ》そう思うんだい」

「一丁目は古い区画だと聞いたので、由緒《ゆいしょ》ある人達が住んでいるのかと思いまして」

由緒ある。その言葉に、老人は目を細めた。どうやら、気を良くしたようだった。

「あんたは何処《どこ》に住んでいるんだい」

「二丁目です。引っ越して来たばかりですが」

「よそ者か。道理で、危《あや》うい歩き方をしていると思ったよ」

老人は、些《いささ》かの侮蔑《ぶべつ》を含んだ目で雨宮を見つめた。しかし、そこには哀れなるよそ者に手を貸してやらないでもないという同情も窺えた。

「危うい歩き方、とは」

「あんた、周りを見ながら歩いていただろう？　ここに住んでいる連中は、詮索《せんさく》を嫌う。目をつけられてしまうよ」

「ははあ、成程……」

納得した雨宮であったが、ふと、思うことがあった。

辺りを見回しながら歩いていたのは、神社の前に到着するまでだ。この老人は、一丁目の住宅街を歩いていた時から、雨宮を監視していたのだろうか。

雨宮は、ぞっとした。しかし、おくびにも出さぬように平静を装《よそお》った。

「目をつけられぬよう、気を付けます」

雨宮は笑顔を張り付けながら答えた。

「そうするといい」と老人は頷く。

「自治会に睨《にら》まれると、面倒だからね」

「自治会？」

鸚鵡《おうむ》返しに尋ねる雨宮に、老人はハッとしたような顔をすると、声のトーンを落とした。ただでさえ掠《かす》れている老人の声は、境内《けいだい》で鳴いている蟬《せみ》の声に搔《か》き消されそうだった。

「綿津岬を取り仕切っている連中さ。牛尾《うしお》家が中心になっていてね」

「牛尾家？」

「この街に昔からいる方々だよ」

由緒ある権力者の家なのだろうか。やけに耳に残る響きだと、雨宮は思った。

「自治会とは、自衛団のようなものでしょうか」

「まあ、そんなものさ」

老人はまた、にやりと笑った。歯が欠けて、空虚になった口の中を見せながら。

雨宮は辺りを見回す。老人と自分以外に、人影はない。

「自治会に目をつけられると、どうなってしまうんですか？」

雨宮は食い下がる。老人は、ニタニタと笑いながら答えた。

「いなくなっちまうのさ」

「いなくなる？　追い出されるということですか？」

「さてね」

不穏《ふおん》な流れになってきた。

風に揺られて、木々がざわざわと囁《ささや》くような音を立てる。雨宮は、直感的に話題を変えようと思った。

「海神神社のことなんですけど」

「何だい？」

「お祭りなどは、するんですか？　実家の近所にあった神社では、毎年決まった時期に行われていたので」

当たり障《さわ》りのない話題に、「ああ、祭りはするよ」と老人はそれほど間をおかずに答えた。

「年に一回やるね。お盆の時期に、灯籠《とうろう》を流すのさ」

「死者を送るために？」

「そう言われてるね」

「そう言われてる？」

雨宮の問いに、「ああ」と老人は頷いた。

一丁目に住まう老人にとって、海神神社の祭祀《さいし》は重要なものではないのだろうか。それなのに、何故、そんなに他人事《ひとごと》のようなのか。

しかし、老人は答えなかった。濁った眼で、じっと雨宮を見つめているだけだった。

この老人から、これ以上の情報は引き出せない。そう悟った雨宮は、話題を切り上げることにした。

「そうなんですか。自分も見たいので、楽しみです」

「綺麗《きれい》なものさ。運河が灯籠の光で照らされるんだからね」

掲示板に告知が出るから、と老人は神社の前にある掲示板を指し示してから、背中を丸めたままその場を立ち去った。

「鎮魂のための祭り……か」

雨宮は、小さくなる老人の背中を見送りながら、ぽつりと呟いた。

どうも引っかかる。

自治会といい、祭りの内容といい、どうも裏を感じて仕方がなかった。

「結局、ニライカナイについては聞けなかったな」

一番知りたかったのは、それだった。

また、浅葱に会いたい。

彼の姿を思い出す度《たび》に、そんな気持ちが募るばかりだった。

彼ならば、この街の秘密を知っているだろうか。雨宮の疑問を解決する術《すべ》を持っているのだろうか。

「……浅葱に会うのは、簡単ではなさそうだな」

雨宮は境内に足を踏み入れる。その瞬間、全身にまとわりついていた湿気が、ふわりと軽くなったような気がした。

神域がなせる業《わざ》なのか、それとも、雨宮の気持ちの問題か。

海神にお参りをしたら、浅葱に会えるだろうか。縁結びの神様でないのは分かっているが、浅葱からは強い海の気配がしたし、無関係ではないだろう。

神社の境内には、木製の立て看板があった。色褪《いろあ》せた看板には、先ほどの老人が教えてくれたようなことが書かれていた。

海神神社には、海神様が祀られていること。そして、江戸時代はこの辺りで魚がよく獲れていたから、海神様を祀るようになったということが。

「特に、おかしなことは見当たらないが」

ごく一般的な看板だと思う。

木造の社殿は、静謐《せいひつ》な空気を醸《かも》し出していた。ぴっちりと閉まった扉が、よそ者の侵入を阻《はば》んでいるかのようだった。

境内には、他にも祠《ほこら》があった。小さな賽銭《さいせん》箱が置かれた祠には、えびす神がひっそりと祀られていた。

「えびすというと、七福神の一柱《ひとはしら》か……」

片手に釣り竿《ざお》、もう片方の手に鯛《たい》を携えた神様である。確か、商売繁盛のご利益《りやく》があるとして祀られていたはずだ。

海神と共に、海に関係がある。

元々は海だったという綿津岬に、祀られるべくして祀られている神々だろう。

風がそよぎ、木々が揺れる。緑の香りに混じって、潮のにおいが漂ってきた。先ほどよりも濃くなっているような気がして、雨宮は思わず祠の前から離れた。

境内に人の気配はない。参拝客も神主《かんぬし》も見当たらなかった。

たった一人、この場所に取り残されたみたいだ。

雨宮は言い知れぬ孤独を感じていた。しかし、それと同時に、他に人のいない今こそ好機だとも思っていた。

社殿の、ぴったりと閉められた扉を見やる。その中を、見てみたいと雨宮は思った。

そこに、自分が求めているものがあるかもしれない、と。

海を埋め立てて造られた街。海神にえびす神。そして、ニライカナイ。

あの喫茶店に通じる何かがあればいい。そう思った雨宮は、いつの間にか扉に手をかけていた。

すっと、あっけないほど簡単に扉は動いた。

ひんやりとした風が漏《も》れ、雨宮の頬《ほお》を撫《な》でる。社殿の中は、真っ暗だった。

「……見えないな」

雨宮は携帯端末のライトをつけると、暗闇の中をそっと照らす。

その次の瞬間、ハッと息を呑んだ。

「なっ……！」

巨大な胎児《たいじ》。目に飛び込んで来たのは、異様な光景だった。

眠るように背中を丸めた、ぶよぶよした白い肌の物体だ。次に目についたのは、深海魚を彷彿《ほうふつ》させる真っ赤な鰓《えら》のようなものだった。

だが、そこに現実感はない。冷静になって凝視《ぎょうし》してみれば、それは絵画だった。

古びた祭壇の上に、海の中で眠る巨大な胎児の絵が飾られている。

「何だ……これは」

雨宮は驚嘆《きょうたん》した。まさかこれが、この神社に祀られている海神の姿だとでもいうのだろうか。

それと同時に、視線を感じた。誰もいなかったはずの境内から、雨宮の背中に向けて、刺すような視線が。

まずい、と雨宮は反射的に扉を閉める。言い訳をしようと背後を振り返るものの、やはり、人影はなかった。

気配だけが、海風に乗って雨宮のもとへ届く。視線は一つだけではなく、あちらこちらから雨宮を責め立てていた。

いつの間にか、空は重々しい灰色の雲が覆っていた。湿気が身体中にまとわりつき、雨宮の咎《とが》を詰《なじ》っているようだった。

雨宮は踵《きびす》を返して、社殿から離れる。

すると、足音がした。境内の奥から、複数の足音が近づいて来る。

初めて一丁目に入った時と、同じだ。

「くっ……」

ここにいてはいけない。

雨宮は走り出し、急いで境内を出た。

一刻も早く、この区画から脱出しなくてはいけない。そう思った雨宮は、一直線に朱色の橋を目指した。

走る雨宮の背後から、足音が聞こえる。それは、一つ、二つと増えていった。追って来るのは誰だ。足音があるということは、実体もあるのだろう。確認したいという好奇心と、振り向いてはいけないという警戒心が鬩《せめ》ぎ合う。

全力疾走していた雨宮は境界の橋を越え、二丁目に足を踏み入れた。

その瞬間、足音はぱったりと途絶えた。雨宮を責めるような視線も同様だ。

雨宮は、恐る恐る背後を見やる。

運河の向こうに見える一丁目は、靄《もや》に包まれてぼんやりしていた。

蜃気楼のような街には、誰も、いなかった。


あれは、なんだったのか。

社殿の中にあった絵は、一体何を描いたものだったのか。

雨宮は、綿津岬の禁忌《きんき》の一つに触れたような気がしてならなかった。

その日の夜は、きっちりと施錠《せじょう》して就寝したが、始終、誰かに見られているような気がしてならなかった。


「雨宮さん、お疲れですか？」

翌日、コンビニに出勤した雨宮に向けられた第一声が、それだった。

「いや、そこまでも……」

雨宮は、一ノ瀬《いちのせ》の問いに言葉を濁す。流石《さすが》に、年下の女性に心配をかけたくないと思ったが、強く否定するだけの元気はなかった。

「なんか、顔色が悪いなと思って。あんまり無理をしないで下さいね」

「お気遣い、有り難う御座《ござ》います」

一ノ瀬の隣のレジに向かいながら、雨宮は苦笑した。彼女の方が先輩とはいえ、気を遣わせてしまうなんて、と。

「何か悩みごとがあったら、言って下さいね。出来ることならば、お手伝いしたいですし」

「ははっ、流石にそこまでさせるわけには」

「雨宮さんには、私もお世話になりましたから」

そうだっけ、と雨宮は思い返す。そんな雨宮の内心を悟ったのか、「ストーカーから守ってくれたじゃないですか」と一ノ瀬は小突《こづ》く。

「あ、ああ……。でも、あれは当然のことをしたまでですし」

「だったら、私にも当然のことをさせて下さいよ」

人が好《い》いんだから、と一ノ瀬は苦笑する。そんな一ノ瀬自身も、人が好いなと雨宮は思った。

土曜日の午前中であり、中途半端な時間だからか、店内に客は少なかった。

窓ガラスの向こうの空は、冴《さ》えない鈍色《にびいろ》だった。もしかしたら、ひと雨来るかもしれない。そうなったら、売り物の傘《かさ》を目立つ場所に出さなくては、と雨宮はぼんやりと考えていた。

「雨宮さんって、この辺に詳しいんですか？」

「どうしてです？」

一ノ瀬は、小首を傾《かし》げながらこう言った。

「昨日、二丁目と一丁目をウロウロしてたって聞いたので、色んなところに行っているのかなと思いまして」

その言葉に、雨宮はぞっとした。

全身に寒気が駆け巡り、鳥肌がぷつぷつと立つのを感じた。

「……誰から？」

雨宮は、恐る恐る尋ねる。一ノ瀬は、「お客さんがそう言ってたんです」と首を傾げたまま答えた。

「どんなお客さんです？　お年寄りでした？」

「ええ。私がレジを打ってたら、『ここで働いている雨宮さん、散歩が好きみたいだね』って言われて」

正直、私も吃驚《びっくり》しました、と一ノ瀬は戸惑《とまど》っていた。

雨宮は、記憶の糸を手繰《たぐ》り寄せる。海神神社の前で出会った老人だろうか。だが、あの老人も神社の前で会っただけで、運河の近くをうろついていた時はいなかったはずだ。

客の詳細を一ノ瀬に尋ねるものの、彼女は客がいきなり雨宮の話をしたせいで、そちらに気を取られてしまったという。得られたのは、目立った特徴はないという無意味なものだった。

「すいません、お役に立てなくて」

「いいえ。別にいいんです」

何処かから監視されていたのだろうか。

薄気味悪さが雨宮を包み込む。しかし、努めて冷静を装った。

「その、役に立てない上に申し訳ないんですけど」

「何か？」

一ノ瀬は、雨宮に何かを言いあぐねているようだった。雨宮は、黙って彼女の言葉を待った。

「……その、この辺に詳しいなら、お尋ねしたいことがあるんです」

「自分も、引っ越して来たばかりなので役に立てるか分かりませんが……」

「それでも良いんです。雨宮さんには、聞いて貰《もら》いたくて」

一ノ瀬は、背の高い雨宮を見上げる。雨宮は、店内の様子を見回した。

店内を物色していた客が、自動ドアを出て店を後にする。もう一人いたと思われた客も、いつの間にかいなくなっていた。

「どうぞ」

他に誰もいないように見えたが、念の為、雨宮は声のトーンを下げた。一ノ瀬もまた、それに合わせるように囁く。

「ニライカナイっていう喫茶店、知りませんか」

「えっ」

雨宮は目を見張る。自身の耳を疑っていると、「ニライカナイっていう、喫茶店なんですけど」と一ノ瀬は繰り返した。

「どうして、その名前を?」

雨宮の鼓動が自然と高鳴る。

「ご存知なんですね！」

一ノ瀬は、パッと表情を輝かせた。

「そこの店主さんにとてもお世話になって……。お礼をしたいと思っているんですけど、辿り着けないいんです。だから、雨宮さんが知っていたら、教えて欲しいなと思っているんですけど」

「……俺も、探しているところです」

雨宮は、声を振り絞《しぼ》るように言った。

「雨宮さんも？」

「一丁目に入ってすぐの区画にあったのは、確実なんですけど」

「一丁目？」

一ノ瀬は不思議そうな顔をする。

「私がニライカナイを見たのは、二丁目です」

「えっ？」

「チェーン店……でしょうかね」

そんなまさか。

あの廃墟も同然の独特の佇まいが、チェーン店のわけがない。しかも、店主以外に従業員は見当たらなかったではないか。

「店員はどんな感じでした……？」

雨宮は、念の為に尋ねる。

「えっと、店長さんお一人だけでした」

「名前は、浅葱」

今度は、一ノ瀬が「えっ」と声をあげる番だった。

「そうです。浅葱さんです」

「俺が出会ったのも、浅葱でした」

絵画のように美しく、浮世離れした青年を思い出す。ニライカナイはチェーン店で、一丁目と二丁目にあり、浅葱がローテーションで店番をしているのだろうか。

しかし、そうするメリットはあるのだろうか。他に客もいないようだったし、そもそも、お茶の代金を要求しなかった。採算が取れるわけがないし、店としては滅茶苦茶だ。

「……雨宮さん、何か……」

一ノ瀬は青い顔をして呟く。恐らく、雨宮と同じことを考えているのだろう。

「蜃気楼でも、見せられたかのようですね」

「ええ……」

雨宮の言葉に、一ノ瀬は頷く。

二人は、しばしの間沈黙した。有線放送の一昔前のポップスだけが、店内を満たしていた。

「この街が蜃気楼みたいだって、友達が言ってたんです」

先に口を開いたのは、一ノ瀬だった。

「言い得て妙ですね」と雨宮は答えた。

「でも、浅葱さんは私の怪我《けが》を手当てしてくれた……」

一ノ瀬は、ストーカーに切り付けられた腕をさする。包帯はすっかり取れ、瘡蓋《かさぶた》になっていた。雨宮は、一ノ瀬から詳しい話を聞く。一ノ瀬もまた、浅葱から助言を貰ったのだと教えてくれた。

「だから、蜃気楼ではありませんし、蜃気楼だと思いたくないです」

「……そう、ですね」

雨宮もまた、浅葱に救われた。だからこそ、浅葱に会って、改めて礼を言いたかった。そして、あの謎めいた青年のことを知りたかった。

「自分も、そう思います」

雨宮が同意すると、一ノ瀬は表情を輝かせる。

最早《もはや》、お互いに言葉は要《い》らない。浅葱に救われた者同士、共にニライカナイを探そうと心に誓ったのであった。


シフトが終わったのは、夕方だった。

雨宮と一ノ瀬は、足並みを揃《そろ》えてバイト先を後にする。

「まずは、二丁目から探しましょうか」と雨宮は言った。

それに対して、「うーん」と一ノ瀬は首をひねる。

「どうしました？」

「えっと、雨宮さんの方が年上ですし、丁寧語じゃなくてもいいですよ」

どうやら、一ノ瀬はそれが引っ掛かっていたらしい。「でも、一ノ瀬さんの方が先輩ですし」と雨宮は返した。

「バイト先では先輩ですけど、もう、コンビニの外じゃないですか」

「はぁ、まあ」

雨宮は曖昧《あいまい》な返事をする。最初に会った時は遠慮がちな女性だと思ったが、やけにグイグイくるなと雨宮は思った。

こんな感じだっただろうか、と雨宮は思い返す。そういえば、あのストーカー事件を切っ掛けに、一ノ瀬は積極的になって、肝《きも》が据《す》わったような気がする。

「もっと気軽に話して欲しいっていうか……」

「えっと、善処《ぜんしょ》しますね」

別に、丁寧語のままでもいいじゃないかと思う雨宮であったが、一ノ瀬はそうではないらしい。遠慮をしているわけでもないようで、依然《いぜん》として丁寧語で話す雨宮に不満そうな顔をしていた。

難しい年頃なのかな、と雨宮は思いつつ、出来るだけ彼女の要望通りにしようと努める。

「で、これからニライカナイを探すってことで、いいですかね……じゃなくて、いいかな？」

「はい！」

一ノ瀬は打って変わって元気よく頷いた。その態度に、女の子はよく分からないな、と雨宮は感じた。

「あんまり長引くとお腹《なか》が空《す》くだろうし、今日は、お互いにニライカナイを見つけた場所を確認するだけにしようか」

「お腹は空かないです！」

「いや、でも、暗くなるし……」

断固とした態度を取る一ノ瀬を前に、雨宮は狼狽《うろた》える。

日が長い時季とはいえ、午後七時を過ぎればあっという間に夜になってしまう。そんな中、若い女子と歩きたがるほど、雨宮は迂闊《うかつ》な性格ではなかった。

暗くなると言われた一ノ瀬は、夜の恐怖を思い出したようで、少しだけ顔を青ざめさせながら頷いた。

「じゃあ、見つからなかったら後日ってことで」

「そうだね」

「先《ま》ずは、私が案内しますね」

一ノ瀬は雨宮を先導する。

彼女は、バイト先から近い路地でニライカナイを見つけたという。裏手にある狭い路地に入り、建物と建物の隙間《すきま》を縫《ぬ》って目的地を目指す。

しばらく行くと、一ノ瀬は路地の一角で立ち止まった。

「ここだったんですけど」

そう言った一ノ瀬の目の前には、ビルの壁面があるだけだった。

「もっと先だったかな……」と一ノ瀬は不安げに呟く。

「少し先も見てみよう」

雨宮は、一ノ瀬と共に路地を進む。しかし、進めども進めども、あの廃墟同然の喫茶店は見つからず、ついには表の通りに出てしまった。

「……実は、先日確認した時もこんな感じで……。ごめんなさい。路地、間違えたかもしれません……」

一ノ瀬の呟きは、眼前の車道を走る自動車の走行音に掻き消されそうなほどにか細い。雨宮は、「いや」と頭を振った。

「一ノ瀬さんは、何度もニライカナイを探したんだよね。それでも見つからないのなら、そういうものなのかもしれない」

「でも、そんなことあるんでしょうかね……」

「ニライカナイから出た時、店の方を振り返った？」

雨宮の問いに、一ノ瀬は緊張気味に「は、はい」と頷いた。

「そこに、ニライカナイはあった？」

「……ありませんでした」

「俺も同じだよ」

雨宮は、一ノ瀬に頷いた。

「きっと、そういうものなんだ」

「でも、有り得ないっていうか……。浅葱さんが巻いてくれた包帯は、ちゃんとあったんですよ。あの時は動揺していたから、お店が視界に入ってなかったのかもしれないし……」

「有り得ないことが起こるのが、この街だ」

この土地は、夢で出来た蜃気楼だと、浅葱は言っていた。

自身と向き合えば、怪異から逃れられると助言された。一ノ瀬もまた、悪夢から逃れるには目を覚ますことだと助言され、正面から向き合うことで最悪の事態を回避出来た。

しかし、雨宮の苦悩も、一ノ瀬の思い込みも、綿津岬に来てからのものではないだろう。

だが、この土地にやって来たのが切っ掛けで、それが怪異となって自分を襲った。

原因は明らかに、この土地だ。悪夢が現実となったり、現実に覆い被《かぶ》さったりするなんて、有り得ない話だけど、それが本当に起こってしまった。

「じゃあ、雨宮さんがニライカナイを見たっていう場所も……」

「恐らく、ここと同じ状況だろうな。それでも、行く？」

「……行きます」

一ノ瀬は頷く。

だが、雨宮には不安もあった。昨日の行動が筒抜《つつぬ》けだったこと、そして、一丁目には海神神社があるということが。

社殿の中で見てしまった、あの異様な胎児の絵を思い出す。ひどく不安が掻き立てられる姿で、そこにあってはいけないものだと本能が告げていた。

空はまだ、少しだけ明るい。太陽が西に沈み切る前に、現場を案内すればいいだろうか。

雨宮はそう決意すると、足早に一丁目へと向かった。

境内で自分を追いかけて来た気配についても、気になっていた。しかし、それは、あの奇妙な絵を目にしたせいなのではないだろうか。不安と不快感が、自分に悪夢を見せていたのではないか。

雨宮は自分に言い聞かせる。今度、奇妙なものを感じたら、目をそらさずにしっかりと見極めろと。

二人は朱色の橋を渡り、一丁目に辿り着く。

その頃には太陽は沈みかけて、古びた家々が影絵のように、夜が刻一刻と迫る街に浮かび上がっていた。雨宮は、一ノ瀬を守るように彼女の隣を歩く。

「俺は、この辺りでニライカナイを見つけたんだ」

雨宮は橋のすぐ近くの路地を案内するが、やはりそこには、家々の壁があるばかりだった。

「やっぱり、見つかりませんね……」

「目撃した場所を何度も探すより、見つける方法を考えた方が良さそうだな」

「まさか、喫茶店が移動しているってことですか……？」

「ここは、有り得ないことが起こる街だからね」

雨宮の言葉に、一ノ瀬は頷いた。

「俺達は二人とも、怪異に襲われた時に遭遇《そうぐう》している」

「それじゃあ、また、怪異に襲われれば会えるでしょうか……」

一ノ瀬の声は消え入りそうだった。もう、二度とあんな目には遭《あ》いたくないと言わんばかりだ。

「……それ以外の方法で、会えればいいんだけど」

雨宮もまた、一ノ瀬と同じ気持ちだ。

出来る限り、怪異には関わりたくない。しかし、ニライカナイに行きつくためには、仕方がないのだろうか。

そう考えていた雨宮の視界に、不意に、白いワゴン車が映った。車道を走る何の変哲もないワゴン車だが、やけにスピードを出しているような気がした。

しかも、こちらに向かって来るような――。

「一ノ瀬さん！」

雨宮は、咄嗟《とっさ》に一ノ瀬を庇《かば》いながら、車道の近くから飛び退《の》いた。すると、白いワゴン車は、雨宮達が先ほどまでいた位置を掠めて行ったではないか。

「今のって……」

ワゴン車は、明らかに歩道を走行していた。雨宮の腕の中で、一ノ瀬は震える。

「今のは、幻想なんかじゃない……」

排気ガスの生温かい臭気が、辺りに漂っていた。歩道には、タイヤの痕《あと》がうっすらと残っている。

「明らかに、私達を――」

一ノ瀬は、それ以上のことを口に出さなかった。白いワゴン車からは、明らかな殺意が放たれていた。

雨宮は、ワゴン車が走り去った方を凝視していた。すると、あろうことか、また同じ車がやって来たではないか。

「Uターンして来たのか！」

ワゴン車はスピードを上げる。今度こそ、雨宮達をひき殺そうと言わんばかりに。

「一ノ瀬さん、逃げろ！」

雨宮は一ノ瀬の背中を押し、一ノ瀬はそれに従う。二人で逃げようとするものの、相手は自動車だ。

「こっち」

路地裏から、白い腕が伸びた。

それは雨宮と一ノ瀬の腕を摑《つか》み、路地裏へと強引に引き込む。耳障りなブレーキ音と共に、白いワゴン車は歩道に乗り上げた。丁度、雨宮と一ノ瀬がいた場所に。

「なんだって、こんな……」

白いワゴン車のドアが開く音がする。雨宮達は誘導されるままに、路地の奥へ奥へと逃《のが》れた。

幾《いく》つもの分かれ道を経て、迷路のような路地裏をしばらく行くと、開けた場所に出た。

行きついた先に、雨宮は息を呑む。

そこは、海神神社の裏手だった。見覚えがある石の鳥居が、後ろ姿の社殿の向こうに見える。

「もういいわ」

雨宮達を誘導していた白い手の持ち主は、黒いワンピース姿の少女だった。

烏羽玉《うばたま》の長い黒髪に、黒い瞳の、人形のような人物だ。年齢は、高校生くらいだろうか。しかし、雰囲気は妙に大人びていて、大学生である一ノ瀬よりも、遥《はる》かに年上のように見えた。

雨宮は、背後を振り返る。しかし、誰かが追いかけて来る気配はない。

「ここなら大丈夫」と少女は囁くように言った。

「その、有り難う……。助けてくれたんだよね」

一ノ瀬は少女に礼を言う。だが、少女は彼女を一瞥《いちべつ》しただけで、雨宮へと向き直った。

「貴方《あなた》に聞きたいことがあるの」

「な、なんだい……？」

雨宮は身構える。目の前の少女は、人形のように無機質で無表情であったが、凄《すさ》まじいほどの存在感があった。そして、ガラス玉をはめたような瞳は、雨宮を咎めているかのようだった。

「何故、社殿の扉を開けたの？」

その一言に、雨宮はぞっとした。どうして、この少女が昨日のことを知っているのか。

「何で、君がそんなこと……」

「質問しているのは私。答えて」

少女の有無を言わせぬ態度に、雨宮は観念するしかなかった。

「……探しているものの、手掛かりがあると思ったんだ。神域を暴《あば》くつもりは、なかった……」

果たして、あれは本当に神域なのかと、雨宮は自身に問う。まるで、忌《い》まわしいものを閉じ込めているかのようではないか。

だが、雨宮は黙っていた。真摯《しんし》に頭を下げ、少女の言葉を待った。

長い沈黙があった。一ノ瀬が息を呑む音だけが聞こえた。ややあって、「そう」

と少女は相槌《あいづち》を打った。

「何を探していたの？」

「喫茶店、なんだけど」

果たして、伝えてもいいものか。

雨宮は、一ノ瀬に目配せをする。すると、一ノ瀬は頷いた。伝えてもいいということなのだろう。

雨宮の言葉を待つ少女に、ニライカナイのことを伝える。すると、無感情だった少女の瞳に、俄《にわか》に興味が湧《わ》きあがったように見えた。

「ニライカナイ……」

「心当たりがあったら、教えて欲しいんだ。そこの店主に恩があるから、お礼を言いたくて」

「……律儀《りちぎ》なことね」

少女は、初めて笑みを見せた。それは年相応の瑞々《みずみず》しいものではなく、成熟して含みがあるものだった。

「いいわ。許してあげる」

少女はそう言って、踵を返す。視線が外された瞬間、雨宮は自身がどっと脱力するのを感じた。それほどまでに、緊張していたのか。

「私はミチル」

少女は、そう名乗った。

「今後、貴方が立ち振る舞いに注意をするならば、私が手に入れた情報を提供してあげる」

「それは……助かる」

雨宮は、絞り出すようにそう言った。

少女は雨宮の返答を確認すると、「じゃあね」と手を振ってその場を立ち去る。

彼女の背中が社殿に隠れて見えなくなると、雨宮はその場にくずおれた。

「何者だったんでしょうね……」

一ノ瀬は問うが、雨宮は答えない。答えられなかった。

境内の木々が、風でざわめく。ヒグラシが思い出したように鳴き出す中、二人はしばらくの間、その場から動けなかった。

第四話

祭りの秘密

身体が食《は》まれる。

自分の身体の上を這《は》いずりまわっているのは、蟲《むし》だ。脚の先が針のように引っ掛かり、肌に細かい傷をつける。だが、そんな傷はどうでもいい。指先から食まれる感覚に比べたら、微々たるものだった。

千切《ちぎ》られるような激痛。そして、背筋が凍るようなおぞましさ。

そして、異様なほどの、粘りつくような潮のにおい。

甲高《かんだか》い自分の悲鳴で、日向則行《ひゅうがのりゆき》は目を覚ました。


昨晩はほとんど眠れなかった。

そう思いながら、会社を後にした日向は、家の近くのコンビニへと向かった。日向は綿津岬《わたつみさき》二丁目の一角に住んでいた。

つい先日、会社が移転したため、今まで住んでいた場所から通い難《にく》くなってしまった。そこで、綿津岬に引っ越したのだ。

それからだった。蟲に食まれる夢を見るようになったのは。

「……はぁ、タイミングが重なったのは偶然だと思うけど……」

夜はすっかり更《ふ》けていた。日向の仕事は残業を余儀なくされることが多く、徒歩圏内に引っ越したのが幸いした。これで、終電間際の混雑した地下鉄に乗り込まずに済む。

「いや、良くない、良くないし」

日向は独り言を呟《つぶや》き、首を横に振る。

コンビニに入ると、「いらっしゃいませ」と若い男性店員が声を掛けてくる。凛々《りり》しいタイプのイケメンだったので、おモテになって人生が楽しそうだな、と日向は思った。

日向は品出ししている女性店員の邪魔にならないように歩きつつ、栄養ドリンクのコーナーへ向かった。

馴染《なじ》みの栄養ドリンクを引っ摑《つか》み、先ほどのイケメンのもとへ持って行く。イケメンは、少しギョッとした顔つきで日向の方を見つつ、栄養ドリンクのバーコードをスキャンした。

失礼な奴《やつ》だな、と思いながら日向はイケメンの背後を見やる。鏡面になっている壁の一部を見て、日向もまた、ギョッとした。

そこにいたのは、若い男だった。髪の色は明るく、毛先は緩《ゆる》くパーマがかかっている。

見紛《みまが》うことなく日向本人であったが、その目の下にはクマが出来、目が落ちくぼんでげっそりとやつれていた。

「やっぱ……」

日向は思わず、自分の姿にそんな感想を漏《も》らす。誰だって、こんな様子を見たらびっくりするだろう。イケメンは無罪だと悟った。

「あの、大丈夫ですか……？」

イケメンは、レジを打つのを躊躇《ためら》いながら聞いてくる。

「お節介は承知ですが、栄養ドリンクを飲まずに眠った方が良いのでは……？」

「だ、駄目なんです……」

日向は、掠《かす》れた声で答えた。

「眠ったらまた、あの夢を見てしまう」

「あの夢？」

イケメンが、少しばかり興味深そうな声をあげた。

「そう、あの夢……。蟲に食べられるような……」

何を話しているんだろう。コンビニの店員に悪夢の話をするなんて、気味悪がられるに違いない。日向はそう思い、早々にお会計を済ませて貰《もら》おうと、鞄《かばん》の中の財布に手を伸ばす。

その時だった。日向の腕に、鞄の中からあの蟲が這い寄ってきたのは。

「う、うわあああっ！」

それも、一匹だけではない。次から次へと、靹の中から湧《わ》いて日向の腕を埋め尽くそうとする。

「た、助けて！」

「お、落ち着いて下さい！」

日向はレジを乗り越え、イケメンに縋《すが》り付く。イケメンの大きめの手のひらが、日向の腕をしっかりと摑んだのがやけに頼もしく、日向は安心して意識を手放してしまったのであった。

気付いた時には、コンビニのバックヤードで寝かされていた。随分と使い込まれたソファの上で、日向は朦朧《もうろう》とする意識を覚醒《かくせい》させる。

「あれ……俺《おれ》は……」

「レジ前でいきなり悲鳴をあげて、気絶したんです」

目の前には、あのイケメン店員がパイプ椅子《いす》に座っていた。「すいません、ご迷惑を……」と日向は起き上がり、深々と頭を下げる。

気絶したというより、少し眠っていたのだろう。気分はやけにスッキリしていた。

「はっ、蟲……！」

日向は、ソファのすぐ横に鞄が置いてあることに気付き、蟲を避けるように飛び退《の》く。だが、鞄から蟲が飛び出すこともなかったし、蟲が這っていた腕にも何の痕《あと》もなかった。

「ついに、悪夢が現実になったのかと思ったけど、現実が悪夢になったのかな……？」

わけの分からないことばかりだ。

日向が頭を抱《かか》えていると、イケメン店員は「落ち着くまで、詳しく話を聞かせて下さい」と言った。

イケメン店員の名前は、雨宮《あまみや》というそうだ。日向もまた、自己紹介をする。

綿津岬に引っ越してからそれほど経《た》たない頃から、蟲に食べられる悪夢に魘《うな》されているということ。それゆえに、眠らないようにしていたということを。

「日向さんも、綿津岬に引っ越して来たんですか？」

「へ？　雨宮さんも？」

日向は目を丸くする。雨宮は、本当につい最近、綿津岬に引っ越して来たのだという。

「へー。そんな偶然あるんですね。自分は、会社が移転したんで、それに合わせたんですよ」

「お仕事、だいぶ忙しそうですね。こんな時間まで働いているなんて」

雨宮は、バックヤードの時計を見やる。深夜零時まで、あと少しだ。

「出版社なもんで」

「出版社」

雨宮は、意外と言わんばかりに復唱する。日向は、自分の外見が軽いせいで、そう見えないことを自覚していた。驚く雨宮に、苦笑を返す。

「悪夢を見るのって、慣れない環境だからかな……。はは、情けないですよね」

「そんなことはありませんけど……」

雨宮は神妙な面持《おもも》ちになる。それほど、日向のことを心配しているということだろうか。イケメンは心の中までイケメンなんだな、と日向は感心した。

「それ、怪異みたいだなと思いまして」

「怪異!?」

前言撤回。まさか、いきなり怖い話をするなんて。

「か、か、勘弁《かんべん》して下さいよ。俺、一人暮らしなんですよ！」

「失礼。怪談は苦手でしたか」

「いや、まあ、好きか嫌いかと聞かれたら、気にならないでもないって感じですけど……」

日向は怖いことが苦手だった。しかし、嫌いではなかった。ホラー映画も、目を覆《おお》い隠しながらも最初から最後まで眺めてしまう。

「俺も、怪異に襲われたことがあるんです」

「えっ、雨宮さんも？」

日向は思わず詰め寄る。雨宮は、心なしか距離を取った。

「それじゃあ、俺達は怖い目に遭《あ》い仲間って感じですかね」

日向の中に、妙な連帯感が生まれる。しかし、雨宮は無情にも首を横に振った。

「生憎《あいにく》と、こちらは解決済みでして……」

「早々に裏切られた……！」

日向はがっくりと項垂《うなだ》れる。

「或《あ》る人物に、助言を貰ったんです。怪異に打ち勝つには、自分に向き合えと」

「自分に向き合う……？」

日向は顔を上げる。雨宮は、深々と頷《うなず》いた。

「だから、日向さんもその人に会えば、解決策が見いだせるかもしれない」

「それって、どんな人なんです？　お坊さん？　神主《かんぬし》さん？　霊能者？」

だが、雨宮はいずれも首を横に振った。

「喫茶店の……店主です。だけど、その喫茶店に行くための道のりが分からなくて」

　雨宮は、その店主にお礼を言いたいので、喫茶店への行き方を探しているという。怪談を持っていれば、日向もまたその喫茶店に辿《たど》り着くことが出来るかもしれない、と言われた。

「そんな店主がいる喫茶店が、この綿津岬に……？」

　しかも、一度行ったのに、二度目は行き方が分からないなんて。それではまるで、『遠野《とおの》物語』の『迷い家《が》』ではないか。

「このことは、他言無用ですよ」

　雨宮は、声を潜《ひそ》めてそう言った。

「えっ、でも、他の人にも聞き込みをした方がいいんじゃないですか？」

　日向は目を丸くする。だが、雨宮は「この街は、ちょっと特殊じゃないですか」と言葉を選ぶように言った。

　日向は、その言葉にハッとする。

「確かに、そうですよね」

　日向は、何度も頷いた。そう思うことは、何度もあった。

「この街の人、距離が近いようで遠いようで近いっていうか。都会ともいえる臨海区域の一角にありながらも、田舎のように密な人間関係っていうのが、独特っていうか……。都心だと、集合住宅の隣の家の人と挨拶《あいさつ》すらしないのが普通じゃないですか」

「ええ。以前、自分が住んでいた場所もそうでした」

雨宮の以前住んでいたところは、隣人が二回ほど変わったようだが、挨拶をされたこともなければ、隣人の姿を見かけることもなかったという。

「まあ、それもプライバシーの保護のためっていうのもあるんですけど」

「個人の時代ですしね。それが良くもあり、悪くもあるのかもしれませんが」

「時代……か」

雨宮は考え込む。「雨宮さん？」と日向は首を傾《かし》げる。

「失礼。いや、綿津岬一丁目の雰囲気は、どうも時代錯誤《さくご》というか、古めかしいというか」

「あー、分かります。古い人が多いからじゃないですか？」

「古い人……ね」

雨宮は再び黙り込んだ。日向もまた、綿津岬一丁目には違和感を覚えていた。

昔から綿津岬に住んでいた人達が、一丁目には住んでいるのだという。

だから、街並みも昭和の香りを残していて、住民もふた昔前の感覚なのだろうか。

「あの、雨宮さん……」

雨宮があまりにも黙っているので、日向は不安になって尋ねる。すると、「すいません」と雨宮は日向に視線を戻した。

「監視されているのかと、思う出来事がありましてね」

「監視……？」

「海神《わたつみ》神社を知ってますか？」

「ええ、勿論《もちろん》」

日向は頷く。確か、一丁目にあったはずだ。

「神社の社殿《しやでん》の中を覗《のぞ》いたら、白いワゴン車に轢《ひ》かれそうになりまして」

「マジっすか」

日向は素《す》に戻って驚いた。

「あれは意図的なものでした。連中、あの中のモノをよっぽど見られたくなかったらしい」

「あの中のモノ？」

鸚鵡《おうむ》返しに問う日向に、雨宮は声を潜めて答えた。

「ご神体があるのかと思いきや、奇妙なものを見たんですよ。それについても、調査をしたいと思って」

「な、何でそんな危ないことを……！」

「例の喫茶店、綿津岬と無関係とは思えない。だから、先ずは綿津岬の謎を解こうと思ったんです」

「成程《なるほど》！」

まるで探偵のようだなと内心で感心しつつ、日向は雨宮の考察に膝《ひざ》を打つ。

「具体的には、どんな調査を？」

日向は身を乗り出す。例の喫茶店とやらに行けば怪異から逃《のが》れられるのならば、一刻も早く向かいたかった。そのためには、協力も辞さない構えだった。

「近々、海神神社で祭りがあるので、それを調査しようと思っているんです」

「へぇ、いいですね！　いつですか？」

「お盆の辺りですね」

「もうすぐですね。仕事はもう少しで落ち着くと思うので、自分も同行させてもらっていいですかね」

「人数は多い方が助かります」

雨宮は日向の同行を承諾する。

「やった」と日向は小さくガッツポーズをした。

「それまで、充分に睡眠を取って下さいね」

ことだった。

「善処します」

釘《くぎ》をさす雨宮に、日向は笑って返す。自然な笑みが零《こぼ》れたのは、実に久しぶりの

祭りの当日は晴天だった。

綿津岬中をお神輿《みこし》が練り歩き、街は活気に満ちていた。いつも感じる生臭い空気は快晴の空の下で吹き飛んでしまったかのようだった。

「いやー、久々ですね。こんなお祭り気分を味わったのは」

海神神社にて、日向は雨宮に言った。

雨宮の忠告通り、日向は睡眠を取るようにしていた。しかし、途中で蟲の夢を見てしまい、なかなか深く眠れないでいた。それでも少しは眠ったので、体調はだいぶマシになったのだが。

それにしても、妙に心が落ち着かない。

この祭りが終わったらまた、出来るだけ起きていようと思った。

少し離れた三丁目からやって来た神輿が、神社に担ぎ込まれる様子を見送った頃には、すっかり夕方になっていた。

辺りには色とりどりの屋台が並び、焼きそばやお好み焼きの芳《かんば》しい匂いを漂《ただよ》わせ

ている。子供がヨーヨーや金魚の入った袋をぶら下げてはしゃぎ、大人達は談笑していた。

「それにしても、水臭いじゃないですか」

日向は雨宮を小突《こづ》く。

「何がですか？」

「ブログですよ。この都市伝説系の話を扱ってるブログ、書いているのは雨宮さんでしょう？　綿津岬のことも書いてありましたし」

日向は、自分が探り当てたブログを携帯端末に表示させて、雨宮に見せる。雨宮は、驚いたように目を瞬《しばたた》かせた。

「ええ、まあ……。というか、よく分かりましたね」

「編集者の勘ってやつですね。この人はこういう文章を書きそうっていうの、ドンピシャだったんで」

「というか、名前もまんま、アマミヤでやってますしね……」

綿津岬のことを取り扱っているのも、今のところ、雨宮のブログだけだった。

「まっ、細かいことはいいんですよ。あれ食べましょうか」

日向は雨宮の返答も聞かず、屋台でチョコバナナを買う。店主とのじゃんけんで勝利すると、おまけにもう一本くれるというので、日向は気合を入れてじゃんけんをした。

「やった、雨宮さん！　見て下さいよ。チョコバナナのじゃんけんに勝ちましたよ！」

日向は破顔して雨宮の方を振り返るが、雨宮は別の方を眺めていた。その視線の先には、浴衣《ゆかた》姿の女子の一団がいる。その中に、コンビニにいた店員の女の子がいたような気がした。

「雨宮さん？」

「あ、はい」

「もしかして、女子大生に見とれてるんですか？」

「いや、そういうわけでは……」

否定する雨宮に、景品としてゲットしたチョコバナナを手渡す。

「雨宮さん、大きい方でいいですよ。これは投資ってことで」

「何の投資ですか……」

「ブログ、面白かったですよ。雨宮さんは、将来大物になる気がして」

「はぁ……」

チョコバナナ一本。しかも、じゃんけんの賞品程度の投資を受け取った雨宮は、生返事をしながらチョコバナナを口にした。

「いや～、美味《おい》しいですね」

「ええ、まあ」

「おや。甘いのは苦手ですか？」

「いや、そういうわけでは……。すいません、リアクションが薄くて」

雨宮は申し訳なさそうに苦笑する。

「いえいえ。そのくらいの方がクールでいいと思いますよ。雨宮さん、モテるでしょ」

日向は、チョコバナナを頬張《ほおば》りながら言った。

「モテるというわけでは……」

「いやいや。その感じは絶対誰かに好意を寄せられていますね。もしかして、気付いていないだけなのかも」

「そんな馬鹿な。それよりも――」

雨宮は、社殿の方を見やる。調査をしたいのだろう。

日向は、社殿の近くにあるあんず飴《あめ》の屋台に行く振りをしつつ、雨宮と共に社殿の前へと向かった。

「で、これが例の社殿なんですか？」

日向は、雨宮の耳元でそっと囁《ささや》く。雨宮は、静かに頷いた。

木の扉は固く閉ざされている。近づくものを、拒絶するように。

「何か聞こえますね」と雨宮は耳をピクリと動かした。

「祝詞《のりと》の類《たぐい》でしょうか」

「さあ。ここからじゃよく聞こえませんね」

日向も雨宮に倣《なら》って耳を澄《す》ませるが、複数の人間が呪文《じゅもん》のように呟く声しか聞こえなかった。それは地を這うように低く、何処《どこ》か陰鬱《いんうつ》な響きであった。

「中に誰かがいることは確かなんですけど」

「……何かの儀式でもしているとか」

雨宮の言葉に、日向はぞっとした。排他的な街のシンボルたる神社で、一体どんな儀式をしているというのだろうか。

服の袖《そで》の下で、もぞっと何かが動いたような気がする。ギョッとして見てみたが、蟲が這っている様子はなかった。

「裏に回ってみましょうか」

日向は恐怖心を振り払いつつ、裏手へと向かおうとする。正体を知り、得体の知れない恐怖を掻《か》き消したかった。

だが、雨宮は首を横に振った。

「駄目です」

「えっ」

「今はまずい」

　雨宮の視線に促された日向は、見てしまった。境内《けいだい》に並ぶ色とりどりの屋台の向こうに、烏羽玉《うばたま》の黒髪の少女がいることに。

人込みの奥で、その少女の目は雨宮達を確実に捉《とら》えている。その目は、まるで咎人《とがにん》を責めるかのようであった。

「……ミチルだ」

雨宮は、彼女のものと思《おぼ》しき名前を呟く。

両者の間を、お面をつけた数人の子供が駆《か》けて行った。それに気を取られていた日向は、いつの間にか、ミチルの姿を見失っていた。

「いない……？」

「少し、まずかったかもしれません」

「今のは……？」

「ブログには書かなかったんですが……、この街に深く関わりがありそうな子です」

「へぇ……」

雨宮も、イマイチ正体が掴めていないらしい。人ならざる者と思うくらい、綺麗《きれい》な子だった。

自分には分からないことばかりだ、と日向は思う。知識豊富な雨宮にぶら下がったような状態の自分に、歯がゆさも感じていた。

服の下で何かが蠢《うごめ》く気配がする。こっそりと手を入れてみるけれど、蟲がいるわけではなかった。

そうしているうちに、境内からは少しずつ人影が消えていった。その代わり、運河の方が賑《にぎ》やかになるのに気付いた。

「あれ？　もしかして、社殿を見るなら、今がチャンス？」

気を取り直してあんず飴を買おうと屋台に向かっていた日向は、足を止める。

しかし、誰かが、「人形流しが始まるぞ」と叫んで回っているのに気付いた。

「人形流し？」

日向と雨宮は顔を見合わせる。灯籠《とうろう》を流すという話は聞いていたが、人形は初耳だった。

「行ってみましょうか」

日向は社殿を一瞥《いちべつ》してから、雨宮に提案する。いつの間にか、中からは声が聞こえなくなっていた。

「そうですね」

雨宮もまた日向に頷き、二人は他の人々と共に運河へと向かう。

社殿の中は、人の気配すらなくなっていた。まるで最初からその中に誰もいなかったかのように、しんと静まり返っていたのであった。


海神神社から少し離れたところに、開けた運河があった。

人々は運河の周りに集まり、転落防止柵からはみ出さんばかりだ。知る人ぞ知るお祭りなのか、大きな一眼レフカメラを手にしている、綿津岬の外から来たであろう人もいた。

十数人の子供達が、最前列で手作りと思しき灯籠を手にしていた。周囲の人々の話によると、どうやら、綿津岬小学校の子供達らしい。灯籠は授業で作ったものだった。

「だいぶ地域に根差しているお祭りなんですね」

日向は感心したように言った。

「綿津岬小学校があるのは一丁目ですからね。あの子達は、綿津岬で生まれて綿津岬で育った子供達なんでしょう」

雨宮は、灯籠を手にしたあどけない少年少女達を見つめる。各々が絵の具で懸命に塗《ぬ》ったと思しき灯籠は、明かりをつけて水に浮かべたらさぞ幻想的だろう。

日はほぼ沈んでおり、西の空だけがぼんやりと明るかった。もうすぐで、完全なる夜が訪れる。

運河の向こうに月島《つきしま》が見える。摩天楼《まてんろう》が夜空を遮《さえぎ》っているが、それらに灯《とも》された光は星よりも明るかった。隔《へだ》てているものは運河一本だけだというのに、ひどく遠い世界のように見えた。

「あっ、始まるみたいですよ」

日向はカメラを構える。

「立派な一眼ですね」

「ははっ。社内のミラーレス一眼を借りて来たんですよ。壊さないようにしなくちゃ」

「会社から？」

「何かの取材になるかと思いまして」

日向はニッと笑ってみせる。「そっちは任せます」と雨宮は言い、彼自身は灯籠を手にした子供達の方を見やる。

やがて、子供達の間を縫《ぬ》って、いや、子供達が道を譲《ゆず》るようにして、彼らよりも少しだけ大きな人影が現れた。

空気が、一変する。

「あれは……」

周囲にいた何人かの人々がざわめく。「牛尾家《うしお》だ」「本当だ。牛尾家が来たぞ……」と、畏怖《いふ》を込めて彼らは囁《ささや》いていた。

「牛尾家？」

日向は思わず声をあげる。

「この街に昔からいる人達らしいです」と雨宮が耳打ちをした。

牛尾家と呼ばれた人物は、巫女装束《みこしょうぞく》をまとっていた。つややかな黒髪を一本に束《たば》ね、やけにのっぺりとしたお面を被《かぶ》っている。

「あれ、魚みたいですね」

日向は、シャッターを切りながらそう言った。「確かに」と雨宮は頷く。

巫女のお面は魚を彷彿《ほうふつ》とさせる。両目は離れ、虚空《こくう》を見ていた。彼らは彼らなりに目標物を捉えているのだろうが、姿があまりにも特殊なので、日向は彼らの考えがよく分からなかった。

お面には、よく見れば鰓《えら》のようなものも描かれていた。巫女の身体がまともな人間なだけに、半魚人のようにも見えた。

その巫女は、何かを抱いている。腕の中にすっぽりと収まる赤子のようなそれは、人形だった。

巫女の無言の合図と共に、巫女と同じようなお面を被った大人達が、子供達の灯籠に火を灯す。

　ぼんやりと明るくなったその様子は、幻想的であるはずだった。しかし、灯籠の明かりは子供達の顔を能面のように照らし出し、その様は無数のお面が闇に浮かび上がっているかのように見えた。

　日向は、シャッターを切るのを躊躇していた。無言で粛々《しゅくしゅく》と進められる儀式に、薄気味悪さを感じていた。

　巫女が合図をすると、子供達は無言で灯籠を運河に流す。明かりが一つ、また一つと運河に放たれると、揺らめく水面《みなも》が灯籠の光に照らされて、ぬるぬるとやけに滑《なめ》らかに動いているような気がした。

　子供達の灯籠が全《すべ》て運河に流されると、巫女は高らかに人形を掲げ、夜の運河へと放り投げた。どぼん、と水飛沫《みずしぶき》が上がり、人形は水の中へと深く沈む。

　その瞬間、周囲からは歓声が上がった。夜の闇を切り裂くような、怒濤《どとう》の勢いの声だ。

「わわっ」

　驚いた日向はカメラを落としそうになったが、何とか持ちこたえた。

　歓声を上げているのは、主に老人であったり、町内会の法被《はっぴ》を着ている人達であったりした。浴衣姿のあか抜けた若者達は、周りの空気や雰囲気に呑《の》まれて騒いでいるように見えた。

「雨宮さん……、なんか……」

「そう……ですね」

雨宮もまた、日向の内心を悟ったように頷く。

気味が悪い。

灯籠流し——いや、人形流しは、綿津岬の人達によって異様な熱気に包まれていた。

灯籠は先祖を送るものではなく、まるでイカ漁のイカを誘《おび》き寄せるための光のようだったというのに。運河に放り投げられて浮かんで来ない人形は、人身御供《ひとみごくう》のようだというのに。

「あれ、回収出来ませんかね」

日向がポツリと呟くと、雨宮は顔を強張《こわば》らせた。

「流石《さすが》に、それは……。完全に沈んでいますし、錘《おもり》が仕込んであったのかも」

雨宮は、周囲に気を配りつつ首を横に振る。観客は灯籠が描く光の軌跡《きせき》を眺めているが、誰が耳を澄ませているか分かったものではなかった。

「それじゃあ、人がいなくなった時に、海面を覗き込むだけでもいいです。俺、あの人形が何で出来ているか気になって」

日向は、込み上げる不安を拭《ぬぐ》い去りたかった。全身に、蟲が這う感触がする。蟲なんて、何処にも見当たらないのに。

「分かりました」

頷く雨宮に、日向もまた頷き返す。巫女の腕に抱かれた人形が、やけにずっしりしていたことを思い出しながら。


人気《ひとけ》が完全に引くのに、一時間近く掛かった。

空は完全に夜に没していて、海風も心なしかひんやりしていた。ぽつぽつと並んだ街灯《がいとう》だけが、狭い世界をひっそりと照らしていた。

日向は、観客が落としていったであろう綿飴の棒を拾い、ゴミ箱の中に投げ入れる。ゴミはあちらこちらに散見され、皮肉にもそれが祭りの盛り上がりの名残《なごり》となっていた。

「大丈夫そうです」

日向は周囲に人がいないのを確認すると、雨宮と共に人形が投げ込まれた場所へと足を向けた。

「浮き上がってはいないみたいですけど……」

「いや、何か見えます！」

日向はカメラを向けることすら忘れ、屈《かが》み込むようにして水面を覗いた。

雨宮は、「まさか……」と目を凝《こ》らす。

「魚か……？」

「ですかね……？」

耳を澄ませば、水音も聞こえる。どこぞの池の鯉《こい》が餌《えさ》に群がった時に、そんな音と飛沫が生ずることを日向は思い出した。

「でも、どうしてこんなところに魚が？　餌なんて投げ入れましたっけ？」

日向の問いに、雨宮は首を傾げる。

「いや。自分は見てないですね。投げ入れたといえば、人形くらい――」

そこまで言って、雨宮と日向は顔を見合わせた。

そうだ。運河に投げ入れられたのは人形だった。そして、その中身は分からないが、妙にずっしりしているようだった。

雨宮は口を開く。唇は震え、声はすっかり掠れていた。

「綿津岬は、魚がよく獲れる場所だったらしいです。この祭りは、それを再現しようとしていたのかもしれません」

「それじゃあ、魚の餌を人形に詰めて投げ入れたとか……」

日向の見解に、雨宮は首を傾げた。

「でも、それならばわざわざ、人形にする必要もなかったんじゃあ……」

「確かに。あれじゃまるで――」

人身御供だ、という言葉を、日向は呑み込んだ。

だが、雨宮は察してしまったようだった。人間を模したものに餌を詰め、投げ入れる意味を。

「日向さん。どうして、綿津岬で魚が獲れると思います？」

「それは、海流の関係ですかね……？」

「それも一つの答えだと思いますが、海流に乗って、何かがここに来ていたのではないかと」

「何かって……？」

日向は、食い入るように雨宮を見つめる。気が進まないと言わんばかりの表情で、雨宮が答えた。

「死体ですよ」

「えっ」

日向は、目を丸くした。

「人間の水死体です。そこに魚が群がるので、水死体が打ち上げられた時は大漁になるという話を聞いたことがあります。そのため、水死体はえびす神として有り難がられたわけです」

「それじゃあ、あの人形は……」

「流石に、中に死体を入れるわけにはいかないので、人以外の何かの肉が入っていたかと」

雨宮から話を聞いた日向は、おぞましいものを見るような目で、群がる魚を見つめてしまう。水面に、白くて千切れた塊《かたまり》がぷかぷかと浮くが、日向はそれを直視出来なかった。

「そろそろ行きましょう。これ以上ここにいても、意味は――」

雨宮の言葉は、そこで途切れた。

日向は見てしまった。雨宮の背後の人影を。そしてその人影が、雨宮を突き飛ばしたところを。

「雨宮さん……！」

叫ぶやいなや、日向もまた何者かに突き飛ばされた。日向の身体は、雨宮と共に運河へと叩き込まれたのであった。


――まずい……。

その一言も、声にならなかった。

日向は、水の重さで身動きが取れなくなる。もがけばもがくほど、濡《ぬ》れた服がまとわりつき、海の中に引きずり込まれるような感覚が強くなった。

千切れた白い塊もまた、魚と共に日向の周りをぐるぐる回る。まるで、品定めでもしているように。

雨宮は大丈夫なのかと思うと同時に、それどころではないと頭の中で打ち消す。

何とかして浮上しなくては。

水の中で揉《も》みくちゃになった日向は、水面の方角を確認しようと目を凝らす。

その時、彼は目にしてしまった。埋立地である綿津岬の、仮初《かりそめ》の台地の下に眠っているものを。

「――っ！」

零れた悲鳴は、水の揺らぎに掻き消された。

日向が目にしたのは、巨大な胎児の姿であった。

日向が目を覚ますと、そこは見知らぬ室内であった。

廃墟同然の佇《たたず》まいであったが、店のようだった。カウンターが設《もう》けられ、席が幾つかあり、喫茶店風だった。

「夢……？」

「いや」

日向の隣には、雨宮がいた。

「なんで、夢に雨宮さんが……？」

「これが夢じゃないからですよ。ここが、例の喫茶店です」

「ここが!?」

悪夢を覚ましてくれる店主がいるという喫茶店か。

「……悪夢といえば」

日向は、先ほど目撃した巨大な胎児を思い出す。その話をすると、雨宮もまた、顔を強張らせた。

「日向さんも、あれを？」

「雨宮さんも見たんですね。あれは一体……」

日向の頭は混乱していた。運河の中に突き落とされたと思ったら、喫茶店にいるのは何故《なぜ》か。あの胎児は何だったのか。自分達を突き落としたのは誰なのか。そして——。

「気になることは沢山ありますが、先《ま》ずは、店主を探しましょう」

がらんとして人気がない店内を眺めながら、雨宮は言った。

「浅葱《あさぎ》！」

どうやら、それが店主の名前らしい。雨宮は店主の姿を探す。しかし、呼びかけへの答えはなかった。

「浅葱、いないのか!?」

カウンターの向こうにも、それらしき人物の姿は見当たらなかった。

「どういうことなんだ……？」

「雨宮さん、あれ！」

日向の目に、白いものが飛び込んで来た。カウンターの裏から伸びて、床に放り出されているそれは、人間の腕だった。

「浅葱！」

雨宮は、血相を変えて駆け寄る。

カウンターの裏に、彼はいた。双眸《そうぼう》を固く閉ざし、静かに横たわっている。開けた着物の衿元《えりもと》から見える肌《はだ》は、蠟《ろう》で作った人形のように滑らかであり白くもあり、血が通っていないようだった。

「しっかりしろ！」

雨宮は浅葱の身体を抱きかかえる。

日向もまた、力なく落とされた腕に触れてみた。すると、着物姿から想像する体《たい》躯《く》よりもずっと華奢《きゃしゃ》だということが分かった。張り子のように軽く、触れているというのに現実味がなかった。

そして――。

「脈が……ない？」

腕に触れた日向は、息を呑んだ。

浅葱の胸も、上下していなかった。

雨宮は、僅《わず》かに開いた浅葱の口に手を当ててみるが、息をしている様子はないようだった。

「まさか……」

死。

日向と雨宮は、青ざめた顔を見合わせる。だが、その言葉に違和感もあった。

死というのは、生きているものに訪れるものだ。体温や脈が徐々に失われて死に向かうので、逆に、死を迎えたものにも生きていた痕跡《こんせき》が遺《のこ》る。

しかし、浅葱にはそれがなかった。もうずっと、その状態でいたかのように、筋肉が弛緩《しかん》した様子もなく、体液が漏《も》れた様子もない。

まるで、人形だ。祭りの時に巫女が手にしていた、あの人身御供の人形よりも人形らしい。

日向の頭にそんな考えが過《よぎ》ったその時、浅葱の指先がピクリと動いた。

「浅葱……！」

「……貴方《あなた》は」

雨宮の吐息《といき》で、浅葱の長い睫《まつげ》が揺れる。浅葱はうっすらと目を開くと、雨宮の腕の中から彼を見つめた。

目を開いた瞬間、浅葱に生命が灯ったように思えた。日向は、ただぼんやりと、綺麗だなと思った。

「失礼しました。少しだけ、目を覚ましていたようです」

「寝ぼけているのか？　あんたは、眠っていたんだ……」

雨宮は苦笑する。しかし、その胸は相変わらず上下していないようだった。浅葱は、呼吸を取り戻したわけではない。

日向は、自分が夢でも見ている心地になっていた。

雨宮に対して、浅葱はこう言った。

「私にとって、こちらが夢であちらが現実です。それは貴方も、同じことです」

浅葱はやんわりと雨宮の胸を押し、抱えた手を離すように促す。だが、雨宮は浅葱を抱いたまま尋ねた。

「確かに、これは夢かもしれないな。あんたがこうして、動いているのに呼吸をしていないなんて」

「生と死の境界は曖昧《あいまい》なものです。夢と現実のように」

浅葱の言葉に、そんな馬鹿なと雨宮は返した。しかし、浅葱は構わずに続けた。

「貴方達が前触れもなくここを訪れたのは、そんな夢と現実、いや、浮世と常世《とこよ》の境界に迷い込んだからなのかもしれません」

「俺達は、死にかけているってことか……？」

「ええ。海の向こうへと旅立ちかけたのかもしれません」

浅葱は立ち上がると、日向に向き合う。浅葱の瞳に見つめられた日向は、思わず背筋を伸ばした。

「初めまして。見苦しい姿をお見せして申し訳御座《ござ》いません」

「あ、いえ。その、大丈夫ですか？」

「心配は要《い》りません」

浅葱は何ということもないように、カウンターの奥へと向かった。そして、ガラスの湯呑《ゆの》みに、お茶を注いでくれる。

「どうぞ」

「えっ、どうも……！」

カウンター席を勧められ、日向は思わずそれに従う。雨宮もまた、自分に勧められた湯呑みを受け取った。

日向は、お茶をそっと啜《すす》る。

これは、昆布茶《こぶちゃ》だ。やけに懐かしい味だった。幼い頃に、祖母の家で出されたことがあるような気もしたし、もっと昔に飲んだことがあるような気もした。

波のない海のように穏やかで、優しい味だ。

「貴方は、怪異に見舞われていますね？」

浅葱に問われ、「ええ、まあ……」と日向は頷いた。

服の中で、ざわりと何かが蠢く。頼むから鎮《しず》まってくれと、日向は服の上から胸の辺りを押さえた。

しかしその手に、浅葱の手が重ねられる。浅葱の彫刻のように美しい指先は、ひんやりとして硬く、日向は思わず身体を強張らせた。

「失礼」

浅葱は日向の手の上から、指を這わせる。すると、日向は己《おのれ》の胸の上で何かが激しく蠢くのを感じた。

「ひっ……」

ずるり、と白い塊が胸から抜け落ちる。腹を見せて脚をばたつかせているのは、夢の中で日向を食んでいた蟲だった。

しかも、夢よりもずっと大きい。拳《こぶし》ほどの大きさだった。

「ひぃ、あ、あの蟲……！」

「これは、紙魚《しみ》です」

「紙魚？」

日向は、聞いたことがあった。確か、紙を食べる害虫のことだ。

「貴方の心配が、このような形になって現れたのでしょう。貴方は、心当たりがありませんか？　紙魚に蝕《むしば》まれるようなことに」

「紙魚に蝕まれること……？」

「紙魚は紙を食む蟲。貴方は、紙が関わることに触れているのでは？」

「あっ」

浅葱に言われて、ハッとした。出版社の編集者は、本を作るのが仕事だ。紙と密接な関わりがあると言ってもいいほどだ。

「そういえば、日向さんが眠らないようにしようとしたのって、紙魚が出てからなんですか？」

雨宮が口を挟む。それを聞いた日向は、思い出した。日向が栄養ドリンクを飲み始めたのは、蟲だけが原因ではなかった。

「向き合って頂けますか？　貴方のその、水底《みなそこ》にある蟠《わだかま》りと」

浅葱に促されるままに、日向は記憶の糸を手繰《たぐ》り寄せる。

「そうだ……。俺、新人作家さんの担当を任されたんです。その人、凄《すご》くいい物語を書くんですけど、繊細で……」

落ち込むことが多く、よく日向に電話を掛けて来るのだという。日向はその作家の手伝いをしたいと思ったし、いい作品を生み出して欲しいと思っていた。

「電話を掛けてくるのって、決まって夜なんです。日が沈むと精神的にキツいみたいで……」

一度、熟睡していて着信に気付かなかったことがあった。朝起きて、慌てて連絡をした時には既に遅く、その作家は物事を悪い方向に考えて思い詰めてしまい、しばらく仕事に手がつかなくなっていたのである。

「それで、眠らないようにしてたのですね」

話を聞いていた浅葱は、ぽつりと呟くように言った。日向は、深々と頷く。

いつ電話が掛かって来てもいいように、準備をしておこうと思っていた。眠っていて電話を取れなかったら、相手は辛《つら》いだろうから。

「そんな、無茶を……」

雨宮は、心配そうに日向を見つめる。浅葱は、「眠りましょう」と囁くように、しかしきっぱりと言った。

「で、でも、そうしたら、電話を取れなくなってしまうじゃないですか……！」

「いざという時に力になれるよう、万全を期すのが役目ではないでしょうか。そのために、眠るのも、仕事です」

「いざという時に力になれるように……」

浅葱の言葉は、目から鱗《うろこ》だった。

「貴方は、相手を心配するあまり自分に無理を強《し》いてしまった。それが貴方を、少しずつ蝕んでいったのです。本を喰《く》らう紙魚のように」

浅葱の言葉が、日向に気付きを与える。波が引き、砂をさらい、砂の中に隠れていた生き物を暴《あば》くように。

「こいつは、自分自身だったのか……」

日向は、カウンターの上でもがく紙魚を見下ろす。分身たる紙魚は、日向の目の前で少しずつ希薄になっていった。

「あっ……、紙魚が」

紙魚の代わりに、淡い光に包まれた蝶々《ちょうちょう》がひらりと舞う。それはあっという間に虚空に溶け、日向は幻を見たのかとすら思った。

しかし、彼はすぐに心の中で首を横に振る。蝶々の光が胸に光を射してくれたかのように、胸の中が明るく、温《ぬく》もりすら感じた。

「貴方が自身と向き合えたので、悪夢は去ったようですね」

浅葱は落ち着いた様子で、穏やかに言った。だが、薄れていくのは、紙魚だけではなかった。周囲の風景も、徐々に薄くなっていく。

雨宮は、慌てて立ち上がった。

「待ってくれ！　まだ、あんたについて何も聞けていない！」

「私について？」

その姿を蜃気楼《しんきろう》のように薄れさせながら、浅葱は小首を傾げる。

「ここは何なんだ。あんたは、ずっとここにいるのか？」

雨宮は、縋るように浅葱の腕を摑む。着物に皺《しわ》が寄ろうとも、浅葱は困った顔一つせず、瞳孔《どうこう》がやけに大きな瞳で雨宮を見つめていた。

「この場所は、夢と現実の境界。何処にでもあり、何処にでもない場所。そして私は、ここから出てはいけないのです」

「やっぱり……」

雨宮が、キュッと下唇を嚙《か》む。

「あんたはずっと、こんなところにいなくてはいけないのか……？」

日向もまた、店内を見回す。小綺麗に片付けられた店内であったが、浅葱がいるのにもかかわらず、人が住んでいる気配というのがまるでない。とうの昔に主を喪《うしな》い、棄《す》てられてしまったようにも見えた。

こんな場所にずっと一人でいるということから、実に孤独であることは日向にもハッキリと分かった。

「俺達と一緒に行こう」

雨宮は、思わずそう言ってしまったようで、自分自身の言葉に驚いたような顔をしていた。しかし、彼は声を絞り出すように続ける。

「閉ざされた場所は息苦しいだろ？　だから、ここを出よう。難しいことは、それから考えればいい」

「貴方は……」

「雨宮志朗《しろう》。それが、俺の名前だ」

雨宮が名乗ると、浅葱は整った唇で、そっと彼の名を紡《つむ》いだ。

「志朗さん」

雨宮の名を呼んだ浅葱の瞳は、水面のように揺らいでいた。人形のように硬かった表情も儚《はかな》げでいて、哀《かな》しげにも見えた。

「それは、出来ないのです」

「……どうして」

「どうか、貴方達は戻って――」

視界が、急にあやふやなものになる。浅葱の姿も雨宮の姿も、自分の輪郭《りんかく》も曖昧になってしまう。

そんな中、雨宮は浅葱の名前を叫んでいだ。しかし、その声は闇の中に溶け込んで、返される言葉はなかったのであった。

目を覚ました時には、朝日が東の空を僅かに染めていた。

日向と雨宮は、祭りの会場だった場所で、横たわっていた。確か、運河に突き落とされたはずだったのに。その証拠に、全身がすっかりべたついていて、潮の臭いがひどかった。

一体、自分達はどうなったのだろうか。

状況を理解するには、気持ちの整理が必要だ。

だが、日向は感じていた。自分の胸が、確実に軽くなっていることに。

もう、怪異は見ないだろう。そんな確信に満ちていた。

「礼を言うのを、忘れていたな……」

天を仰ぎながら、雨宮はポツリと呟く。彼の放り出された手に、日向は拳を重ねた。

「お礼、言いに行きましょう」

「日向さん」

「もう一度、ニライカナイに行くんです。俺も、浅葱さんにちゃんとお礼を言いたいですし」

「……そうですね」

雨宮は拳を握ると、日向の拳に合わせる。

東の空から太陽が昇り、真っ黒だった海を徐々に輝かせていたのであった。

第五話

夢の名残

雨宮《あまみや》は、綿津岬《わたつみさき》で遭遇した出来事について振り返る。

奇妙な祭り。魚のようなお面。そして、運河に沈められた人形。

加えて、日向《ひゅうが》が見たという自分達を運河に落とした手。

この街には何かある。誰かがそれを、意図的に隠そうとしているのではないか。

これ以上の調査は危険過ぎると、雨宮の直感が教えてくれていた。

だが、雨宮の脳裏《のうり》には、浅葱《あさぎ》のことがこびりついて離れなかった。腕に残る彼の頼りなげな身体の重みと、人形のような体温が。

そして、己《おのれ》の心を押し殺し、運命を受け入れたような哀《かな》しげな表情が。

「俺《おれ》達と一緒に行こう」

あの時は咄嗟《とっさ》に、そう言ってしまった。雨宮は、浅葱を放っておけなかった。

彼に名を呼ばれた時は、全身の血が沸《わ》き立つかと思った。

雨宮はいつの間にか、浅葱の謎よりも、彼の愁《うれ》い以外の――幸福を感じている表情を、見たくなっていたのであった。

雨宮は、状況を整理するために、翌日、日向と喫茶店で待ち合わせることにした。ただし、綿津岬ではなく、豊洲《とよす》で。

「本っつ当にすいません。俺が注意していれば、運河に突き落とされずに済んだのに！」

開口一番、日向は土下座をせんばかりに謝った。

「いや、お互いさまっていうか。それに、結果的に浅葱に会えましたし」

雨宮の言葉に、日向は「確かに！」と手を叩いた。

「そうだ！　聞いて下さいよ、雨宮さん！　昨晩は、あの紙魚《しみ》の夢を見なくて済んだんですよ！」

服の下を蟲《むし》が這《は》い回る感触もなくなったし、と日向は目を輝かせた。

「それは良かった」と雨宮は本心からそう言った。

「作家さんともちょっと話したんですけど、『流石《さすが》に寝て下さい』って言われちゃいました。もし、電話に出なかったら、チャットメッセージを入れてくれるみたいで」

それで既読が付かなかったら、眠っているだけだと思って我慢すると言われたという。

「まあ、最初から話し合えばよかったんですけどね。俺、気が張り過ぎていたみたいで」

「責任重大な仕事だと聞きましたし、仕方がなかったのかもしれませんね」

「雨宮さんは優しいな。心までイケメンだなんて。そうそう、イケメンといえば、浅葱さんも綺麗《きれい》でしたよねぇ」

日向は、夢見心地でそう言った。

「ええ、この世ならざる者のようで」

「浅葱さん、何者なんでしょうかね」

「分かりません」

雨宮は、きっぱりと答える。

「だから、知りたいんです。何故《なぜ》、彼があの場所から出られないのか。あの場所に、縛《しば》られているのかも含めて」

しかし、取っ掛かりは綿津岬の謎以外に見当たらない。だが、綿津岬の謎にこれ以上迫ると、取り返しがつかないことになりそうだ。

「俺、引き続き、手伝ってもいいですか？」

「日向さん……」

雨宮は、目を丸くする。

「危険かもしれませんよ。現に、海に突き落とされたじゃないですか」

「でも、俺ももう一度、浅葱さんに会いたいですし」

日向は、雨宮を見つめ返す。

「言ったじゃないですか。俺も、ちゃんとお礼を言いたいんですよ。それに、雨宮さんに協力したいっていうのもありますね」

「俺に、ですか？」

雨宮は目を瞬《しばたた》かせる。

「だって、俺を救ってくれたのは、そもそも雨宮さんですからね？　雨宮さんがニライカナイに導いてくれなかったら、今頃、紙魚に骨も残さず食べられてましたから！」

日向はそう言い切ってから、自分の言葉に震え上がる。紙魚に襲われなくなったものの、紙魚のことはトラウマになってしまったようだ。

「そう、ですか……」

雨宮は、逡巡《しゅんじゅん》する。しかし、それ以上、彼を退けるための言葉は思い浮かばなかった。

「分かりました。本当に危ないと思ったら、早めに手を引きましょう。お互いに、無茶はなしで」

「合点《がってん》承知の助です！」

日向は、きりっとした顔で答える。本当に大丈夫だろうかと、雨宮は一抹《いちまつ》の不安が過《よぎ》った。

頃合いを見計らったかのように、ウエイトレスが二人のアイスコーヒーを持って来る。二人はそれを飲みながら、今後の方針について話し合い始めた。

「祭りの本来の目的は、魚を誘《おび》き寄せるために人身御供《ひとみごくう》を海に投げ込むこと、だったんでしょうかね」

日向は、祭りの出来事を記したメモを眺める。

雨宮は、海の中で見た光景が頭から離れなかった。あの、綿津岬の台地の下に眠る、丸まった胎児《たいじ》のような異形《いぎょう》の姿が。

ぞっと背筋に寒気が走る。

「神に捧《ささ》げるためのもの、だったのかもしれない」

「確かに。そのための人身御供と考えるのが妥当かもしれませんね。そもそも、本来はそういう目的のものですし」

日向は、メモに雨宮の意見を記した。

「でも、神っていっても、どんな神か……。海神《わたつみ》やえびす神のためとも思えないし」

海神とは、大綿津見神《おおわたつみのかみ》のことだろうが、人身御供が必要という話は聞かない。

どうしたものか、と雨宮は考えを巡らせる。

綿津岬一丁目の住民や、神社の関係者ならば、祭りの由緒《ゆいしょ》を知っていることだろう。だが、彼らが真実を教えてくれるだろうか。

海神神社の前で出会った老人や、得体の知れない少女——ミチルのことを思い出す。あの本心の読めない目つきこそ、祭りの魚の面にそっくりではないか。

「……聞き込みは、望みが薄そうだな」

頭《かぶり》を振る雨宮に、「やっぱりそう思います？」と日向は苦い表情をした。

「雨宮さんの話を聞く限りでは、聞き込みは寧《むし》ろ危険な気がしますね。出来るだけ、こちらが探っていることを悟られたくないというか」

「ええ。確かに」

「今度こそ、神社の社殿《しゃでん》に忍び込みましょうか？」

日向の提案に、雨宮は考え込む。

祭壇に飾られた胎児のような異形の絵を思い出すだけで、胸の奥から泥のような不安が込み上げてきた。

出来ることならば、近づきたくない。

連鎖的に、海に突き落とされた時に見た光景も再び思い出す。あれは夢の出来事だったのか、それとも、現実の出来事か——。

「雨宮さん？」

雨宮が急に黙ってしまったので、日向は心配そうに顔を覗《のぞ》き込む。溶けた氷が、グラスの中でカランと音を立てた。

「大丈夫。ちょっと考え事をしていただけです」

「そ、そうですか？　顔色が悪かったんで、心配になって」

「いや、平気です」

雨宮はアイスコーヒーを口にして、頭をスッキリさせようとした。

祭壇の絵を見たから、突き落とされた時に幻覚を見てしまったのだ。あんな巨大な胎児、現実にいるわけがない。日向も見たと言っていたが、自分と情報を共有していたからそう思い込んでしまったのだろう。

雨宮は自分に言い聞かせる。

あれが現実のものだとしたら、雨宮はあの巨大な胎児の上に住み、寝起きしていることになってしまう。想像しただけでも、背筋にぞわぞわと寒気が走った。

「そうだ。資料館だ……！」

「資料館？」と日向が目を丸くする。

「アパートの大家が教えてくれたんです。綿津岬の成り立ちを知りたければ、神社か資料館をあたれと」

「成程《なるほど》！　その資料館っていうのは――」

「一丁目です」

雨宮の声が自然と沈む。日向もまた、「そっかぁ……」と項垂《うなだ》れた。

一丁目といえば、一番古い区画だ。雨宮が浅葱と出会う切っ掛けになった場所でもあり、海神神社があり、ミチルをはじめとする不気味な住民達がいる場所だ。

「……大丈夫でしょうかね」

「大丈夫とは言えないかもしれませんが、他に頼れそうな場所はないんです」

雨宮は、携帯端末で検索をする。綿津岬の資料館は、一丁目に位置する一軒しか存在しなかった。

「自分達、面が割れているかもしれませんね」

日向が襲われた時は、暗闇で後ろ姿だったとはいえ、その前から標的にされていた可能性はある。雨宮に至っては、白昼堂々襲われるくらいなので、少なからずマークされていることだろう。

「変装、してみます？」

「変装？」

目を丸くする雨宮に、日向はにんまりと微笑《ほほえ》んだのであった。


翌日、二人は揃って綿津岬へと向かった。

太陽がジリジリと道路を熱している。前方には、逃げ水が窺《うかが》えた。街はむっとした湿気に包まれ、汗がじっとりと滲《にじ》んでいた。

「これ……暑くないですか？」

雨宮はげっそりした表情で呻《うめ》いた。

「辛抱《しんぼう》して下さいよ。身を守るためなんですから。それに、似合ってますよ」

日向は、無駄に明るく親指を立ててみせた。

雨宮と日向は、鬘《かつら》を被《かぶ》っていた。しかも、いずれもセミロングであった。縁が太い安物のサングラスをかけ、炎天下の綿津岬を歩いている。

「どうして、セミロングの鬘しかなかったんですか……」

「会社のイベントで使ったのを持って来たもので……」

日向はヘラヘラと笑っているが、彼もまた暑さで顔を真っ赤にしている。最早《もはや》、やせ我慢かやけくその領域だ。

これは、早々に資料館で涼まなくては、と雨宮は思った。

一丁目に繋《つな》がる橋を渡り、海神神社の前を通り過ぎたところに、資料館はあった。資料館の前で、二人は「はぁ……」と溜息《ためいき》まじりの声をあげる。

資料館は二階建てで、小ぢんまりとしていた。コンクリートの壁には罅《ひび》が入り、塗装が所々剝《は》げている。

「だいぶ、ガタがきてるっていうか……」

「昭和の頃に建てられたんでしょうかね」

　これは、冷房を期待出来そうにないと、雨宮は思った。頭の中は完全に蒸れていて、逃げ場のない汗が鬢の隙間《すきま》から頰《ほお》に垂れていた。

「まあ、日陰なだけマシだと思いましょうか。このままだと、熱中症で死ぬ……」

　日向の顔から、笑みは消え失《う》せていた。彼は、手動のガラスのドアに寄りかかるようにして、そっとドアを開いた。

　すると、ひんやりとした空気が二人を迎える。

　冷房が効《き》いているのかと思ったが、どうも生臭い。廊下は薄暗く、受付と思《おぼ》しき窓口には誰もいなかった。

「えっ、休館じゃないよね……？」

　日向は、入り口に貼ってある開館時間を確認する。曜日的にも時間的にも、開館中のはずであった。

「ランチにでも行ってるのかもしれませんね。利用者が少なそうですし、職員も少なかったりして」

「ああー、成程」

　館内にずかずかと入り込む雨宮の言葉に、日向は頷《うなず》いた。

　誰もいないのであれば、今がチャンスだ。こそこそと資料を漁《あさ》る必要はなく、迅速に用を済ませることが出来るだろう。

資料館の内部には、綿津岬ゆかりの展示が並んでいた。だが、二人は展示を見ることなく、案内に従って資料室へと向かう。一般公開されている展示は、怪しまれることなく幾らでも見られるからだ。

だが、資料室にわざわざ行く人間は少ない。下手に長居をすれば、怪しまれる可能性がある。

二人とも、このチャンスを逃《のが》したくなかった。

「ここが、資料室みたいですけど……」

日向が建て付けの悪いドアを開けると、むっとしたカビ臭い埃《ほこり》が舞い上がる。長い間、放置されていたのだろう。

「電気はつけます?」

「いや、外の光で十分です」

雨宮は咳《せ》き込みそうになるのを抑えながら、部屋の中でもとくに明るい場所を選んで、荷物を置いた。不用意に電気をつけて、自分達の存在を悟られたくはなかった。

「へへっ、なんだか泥棒みたいですね」

「人聞きの悪い……」

何故か楽しそうな日向に、雨宮は頭を抱《かか》えた。ただでさえ後ろめたさと緊張感でいっぱいなのに、更なるプレッシャーをかけないで欲しいと思った。

「いい情報が得られればいいんですけど」

「本当に」

日向の言葉に、雨宮は頷いた。

資料室には、綿津岬の歴史のみならず、産業や事業などに関する資料もあったが、それらは全《すべ》て除外して、歴史に関する資料のみを閲覧する。

「うーん」

日向は、資料に目を通しながら唸《うな》った。

「どうです？　何か見つかりました？」

「いいえ、さっぱり」と日向は首を横に振った。

「こちらもです。表向きに公開されている情報ばかりだ……」

最初はただの岩礁《がんしょう》であったが、明治二十五年に、隅田川《すみだがわ》に堆積《たいせき》した土砂を利用して周囲を埋め立てられたこと。更に、大正十二年の関東大震災の瓦礫《がれき》処理で、豊洲、有明《ありあけ》と共に埋め立てられたこと。そうやって、綿津岬は大きくなっていったということが記されていた。

地名の由来は、次の通りだった。

魚が豊富に獲《と》れることから、江戸時代に『海神《わたつみ》岬』と呼ばれていた。それが切っ掛けで、綿津岬という名前になったという。海神神社は、江戸時代からあった祠《ほこら》が元になっているらしい。

日向は手元の資料を、窓から注ぐ陽光に照らしながら文字を追う。

「昔から大綿津見神を祀《まつ》っていたみたいですね」

「あと、えびす神を――」

えびす、と聞いて、日向は軽く身震いをした。

「やはり、えびす神と水死体は、無関係ではないみたいです」

雨宮は、目を通していた資料を日向に見せる。

そこには、こう記されていた。

綿津岬周辺の海流のせいで、岩礁に引っかかる水死体が多かった。そのため、必然的に魚が集まるようになっていたという。

「それじゃあ、綿津岬――当時の海神岬で獲れた魚って、人間を食ってるっていうことですか……？」

「そう……なりますね。それを食べた人間も、間接的に……」

雨宮は、それ以上のことを口に出せなかった。出さずとも伝わったことは、青ざめた日向を見れば一目瞭然《いちもくりようぜん》であった。

養殖の魚でない限り、何を食べているか分かったものではない。魚が水死体にたかるというのは今でもあることだろうし、そもそも、海の中では全てが混ざってしまう。それ自体は取り立てて恐れることではないだろう。

だが、雨宮は祭りの時に見た、魚のような不気味なお面を思い出す。

もし、古くからこの地にいた人々が、人を食った魚ばかり食べていたら。もし、それによって、何かが得られているのだとしたら。

そして、そのために、人身御供を捧げているのだとしたら。

雨宮は、巡らせてしまった想像を振り払うかのように首を横に振る。

「そんな、根拠もないことを……」

「雨宮さん」

日向に呼ばれ、雨宮は己を現実に引き戻す。

「どうしました？」

「海神神社に祀られている神様ですけど、二柱《ふたはしら》だけですかね。自分達が見た、あの巨大な胎児が気になるんですけど」

「確かに」

大綿津見神もえびす神も、巨大な胎児の姿をしているという伝承はない。

「もう一柱、別の神様が祀られているということなんでしょうかね」

「そうかもしれませんね……」

雨宮は、手にしていた資料に三柱目の神の記述がないことを確認すると、埃っぽい棚に戻した。

そして、次の資料に手を伸ばそうとしたその時、気付いてしまった。カビ臭い資料室を支配する、違和感に。

「資料、抜けてませんか？」

「あっ、本当だ」

雨宮が手にしていたのは、『綿津岬の歴史Ⅱ』という小冊子だった。装丁が至ってシンプルで、関係者向けに作成したものであることが窺えた。

「『綿津岬の歴史Ⅲ』はあるのに、『綿津岬の歴史Ⅰ』が見当たらないってどういうことだ……？」

日向もまた、首を傾《かし》げる。

「誰かが、借りてるんですかね」と日向は他の場所に紛《まぎ》れていないか確認しながら言った。

「いや。自分達が部屋に入った時、床には埃が積もっていました。長い間、放置されていたとしか思えません」

「じゃあ、誰かが借りたまま持って行ってしまったとか。それとも――」

日向は雨宮と顔を見合わせ、口を噤《つぐ》む。二人とも、同じことを察していた。

誰かが、意図的に隠したのか。

「……一巻ってことは、最初に作った資料ですよね。そこに、都合が悪いことでも書いてあったのかも」

日向は、何処《どこ》にも『綿津岬の歴史I』が見当たらないことを確認すると、気味が悪そうな表情で本棚を見やる。

「都合が、悪いことが……」

「関係者だけに配布した資料のようですし、改訂するよりも存在そのものを消してしまった方が楽だったのかもしれませんね。……紛失《ふんしつ》という形で」

つまり、誰かが意図的に資料を葬《ほうむ》ったということか。

「その資料、何処かにありませんかね。資料室ではなく、別の場所にでも」

「雨宮さんは、都合が悪いものを何処かに保管したいと思います？」

日向の問いに、雨宮は首を横に振った。

「手詰まり、ですか」

「でも、まだ、全部の資料を見てないですし……」

日向がそう言って、本棚の高い位置にある資料に手を伸ばそうとしたその時であった。廊下の奥から、足音が聞こえたのは。

「やばっ」

日向は慌てふためき、手をかけた資料を落としてしまう。そのせいで、バサバサと音を立てて、他の資料が頭上に降り注いだ。

「あわわわ、まずいまずい……！」

「大丈夫。落ち着いて」

雨宮は声を潜《ひそ》めながら、冷静になるよう促《うなが》した。日向の足元に落ちた資料を掻《か》き集め、手際よく棚へと戻す。

二人は息を押し殺しながら、資料室の前を往《ゆ》く足音が去るのを待った。

カツン、カツンと廊下に響く足音を聞く度《たび》に、心臓が跳《は》ねて気が気ではなかった。

一定のリズムを刻んでいた足音は、資料室の前でぴたりと止まる。日向は、「ひっ」と短い悲鳴をあげた。

焦《あせ》ることはない。自分達はただの閲覧者だ。

もし、足音の主が資料館の職員や警備員でも、開館時間内であり、受付に人がいなかったから仕方なく無断で入ったという旨《むね》を伝えればいいだろう。なにも、疚《やま》しいことはない。

だが、職員や警備員ではなかったら。

つんとした生臭い空気が、雨宮の鼻先を掠《かす》めた。最早《もはや》嗅ぎ慣れてしまった臭いであったが、不快であることには変わりがない。何処から入って来たのか、生温《なまぬる》い風が雨宮の首筋を撫《な》でた。

どれほどの時間が経《た》っただろうか。雨宮のこめかみの辺りに滲んだ汗が、頬を伝って膝《ひざ》に落ちる。

資料室の外では沈黙が続いていたが、やがて、足音は遠ざかって行った。

足音が完全に消えるまで、二人は動けなかった。聞こえなくなってから数秒して、ようやく日向が深い溜息を吐《つ》いた。

「ああ……、助かった」

「いや、あの足音は受付に向かいましたね。退館する時に待ち構えているかもしれません」

雨宮は、頬に張り付いた鬘の髪の毛ごと、汗を拭《ぬぐ》う。

「か、帰る時は、堂々としていましょう。何なら、展示物を見ていた振りをしてもいいですし……！」

日向の声はすっかり上ずっている。

「そうですね」と雨宮は頷いた。

それから二人はざっと資料を探したが、手掛かりになりそうなものは見つからなかった。

潮時だと感じた二人は、打ち合わせをした通りの手順で引き上げようとしたが、受付は相変わらず暗く、誰もいなかったのであった。

外に出ると、日が傾きかけていた。時計を確認すると、すっかり夕刻になっていた。

資料館から出た二人は、しばらくの間、沈黙していた。

一丁目を抜け、二丁目に繋がる橋を渡ったところで、日向がようやく口を開いた。

「なんだか、不気味な資料館でしたね」

日差しは相変わらず暑いのに、日向は身震いをした。

「不気味というのなら、この街全体がそうですよ」

雨宮は背後を振り向き、資料館の方を——いや、一丁目の方を見やる。

「だからこそ、調査のし甲斐《がい》があるんでしょうね。これ、ブログの記事にもするんですよね」

「ええ、上手《うま》くまとめられれば」

雨宮は頷く。

「ブログの更新、楽しみにしてますよ」と、日向は気を取り直して言った。

「有り難う御座《ござ》います。ほどほどに、頑張りたいです」

雨宮の気分は晴れなかった。

結局、綿津岬の謎には迫れなかった。進展といえば、誰かが意図的に真実を隠蔽《いんぺい》していることが確定したということくらいか。

「浅葱さんのことは、また、別の角度から調べましょう。資料館以外にも、手掛かりはあるでしょうし」

「そうですね」

日向の前向きな言葉が、雨宮にとって救いだった。

「今のところ、怪談を持っているか、死にかけると行けるんでしたっけ」

日向は首を傾げる。「ええ」と雨宮は頷いた。

「自分から怪異に悩まされるようになるのは難しいですしね。死にかけるのは、一歩間違えると本当に死んじゃうから嫌だなぁ」

「単純に、海の中にあるわけでもないようですしね」

二人は小さく溜息を吐く。まだまだ、先は長そうだ。

「これ、お返しします」

雨宮は自分の頭から鬘をもぎ取り、安物のサングラスを外して、日向に差し出す。

「あっ、でも、汗をかいてますし、洗って返しましょうか?」

雨宮が引っ込めようとすると、日向はそれを制止するように鬘を受け取った。

「別にいいですよ。俺の方で、テキトーに拭《ふ》いて会社に返しておくんで」

日向も自分の鬘を取り、鞄《かばん》の中にまとめて突っ込もうとする。だがその時、「あっ」と声をあげた。

「どうしました?」

「資料が……」

日向は困惑した表情で、鞄の中を見せる。

紙の束やら、パソコンやらが詰め込まれた鞄の中に、こっそりと潜《もぐ》り込むように、『綿津岬の歴史Ⅲ』が入っていた。

「あの時のか……」

日向が本棚の資料を落とした時に、鞄の中に入り込んでしまったのだ。

「鞄が半開きになっていたからですね……。きっと、鬘を取り出す時に、閉め忘れたんだ……」

よくやるんです、と日向はしょんぼりしていた。

「……どうしましょう。返して来ます?」

一緒に来てくれと言わんばかりに、日向は雨宮を見つめる。だが、雨宮は首を横に振った。

「いいや。折角《せっかく》なので、じっくりと読んでみませんか？」

何故そんなことを言ったのか、雨宮自身も理解出来なかった。

だが、日向の鞄の中に入り込み、資料館の外に繰り出したその冊子に、運命めいたものを感じていた。

一方、日向は気乗りしない表情だった。「じゃあ、雨宮さんが持っていて下さい」と、周囲を気にしながら冊子を取り出し、雨宮に押し付ける。この不気味な冊子を、一秒でも長く持ちたくないと言わんばかりだった。

「その、返しに行く時は、自分が行くので……」

「まあ、浅葱の手掛かりになるかもしれないし、ブログのネタにもなりそうですしね。分かりました」

雨宮は冊子を受け取ると、自分の鞄の中に素早く潜り込ませた。

「ざっと目を通してから、資料館に返しに行きましょう。その時は声を掛けますんで」

「そうして下さい」

日向は、冊子が手元から離れたことに安堵《あんど》したのか、少しだけ和《やわ》らいだ表情で頷いた。

その後、日向は出版社に戻り、雨宮はアルバイト先へと向かうべく、二人は別れたのであった。

コンビニでレジ打ちをしていると、大学の講義が終わった一ノ瀬《いちのせ》がレジに入って来た。

「お疲れ様です、雨宮さん」

一ノ瀬は、物言いたげな顔で雨宮のことを見つめている。雨宮は、祭りのことを思い出した。

実はあの時、雨宮は一ノ瀬から一緒に祭りに行かないかと誘われていたのだ。しかし、日向と既に約束した後だったし、一ノ瀬は友人と一緒に祭りを回った方が良いだろうと思って、断ってしまっていた。

「祭りの時は、すいませんでした。一ノ瀬さんの誘いを断っちゃって」

「あ、いえ、その……」

「祭りで見かけた時、声を掛けようとしたんですけど……」

日向が、正《まさ》にチョコバナナのじゃんけんをしている時、雨宮は人込みの中で一ノ瀬を見つけていた。友人達と浴衣《ゆかた》姿で歩く姿は、華やかだと素直に思った。

「い、いいんです。雨宮さん、お約束があったみたいですし……」

「ええ、まあ」

何故か、一ノ瀬は視線を彷徨《さまよ》わせたままだった。何かを聞きあぐねている様子に、雨宮は首を傾げる。

「そ、その、あのチョコバナナを持ってた人、雨宮さんのお友達ですか？」

「うーん」

友達というほど親しくないような気がする。

答えに困る雨宮を見て、一ノ瀬は顔を青ざめさせたり赤らめたりする。

「じゃ、じゃあ、もしかして、ただならぬ関係——」

「いや、お客さんですよ」

「えっ？」

「一ノ瀬さんも、シフトに入ってたじゃないですか。お店で人が倒れた時に」

雨宮に言われ、一ノ瀬は「ああ！」と合点がいったようだった。

「日向さん……でしたっけ。あの時は、死んじゃいそうなくらい真っ青な顔をしてたから……」

暗に、チョコバナナを持ってはしゃいでいたのと同一人物とは思えないと、一ノ瀬は言った。

雨宮は、店内に客がいないのを確認してから、順を追って一ノ瀬に説明する。日向が怪異に悩まされていたこと。そして、祭りの後に浅葱に会ったことを。

「そんなことが……。というか、雨宮さん、また浅葱さんに会ったんですね！」

一ノ瀬は、羨望《せんぼう》の眼差《まなざ》しで雨宮を見つめる。

「会ったといっても、ひどい目に遭《あ》った後ですが」

雨宮は、暗にお勧めしないと伝える。

「それは、大変でしたね……。お礼の方は……？」

「まだです。だから、もう一度、浅葱に会わなくては」

尤《もっと》も、今はお礼を言うことだけが、彼と会う目的ではないが。

「その時は、ご一緒したいです」

「安全な状態で会えるのならば」

一ノ瀬を危険な目に遭わせたくない雨宮は、釘《くぎ》を刺すようにそう言った。

「浅葱さんって、何者なんでしょうね……」

「分かりません。でも、人間ではないような気がします」

「それは、確かに。人間だと思えないほど、綺麗ですし」

一ノ瀬は、深々と頷いた。脈がないのに動いていたということは伝えそびれたが、そんな情報がなくても、一ノ瀬は浅葱にただならぬものを感じていたようだ。

「人じゃないとしたら、何だと思います？」

雨宮が尋ねると、一ノ瀬はややあって答えた。

「神様のような懐《ふところ》の深さもありますし、凪《なぎ》のような静けさもありますし……」

「ありますし？」

「妖怪《ようかい》っていうか、アヤカシっていうか、物《もの》の怪《け》っていうか……。そんな妖《あや》しさも、ありますよね」

一ノ瀬の答えは、雨宮の中で妙にしっくりきていて、雨宮は「そうですね……」としか答えられなかった。


雨宮がアルバイト先から自宅に戻ったのは、深夜だった。

「妖怪……か」

一ノ瀬の見解を、ふと思い出す。浅葱は確かに、親切であり美しくもあり、だが、得体の知れなさもあって、妖怪という言葉がしっくりくる。もし、彼がこの世ならざる者ならば、脈がなくても動いていても不思議ではない。

そして、怪異が現れるこの街では、そんな非日常的な存在がいても、おかしくはなかった。

「怪異といえば、このアパートも奇妙だが……」

自宅がある古いアパートは、どの部屋も明かりが消えており、しんと静まり返っ

か。

ていた。

大家も住んでいるはずだが、人の気配がない。眠ってしまっているからだろうか。

雨宮は、二階にある自分の部屋に向かうべく、外階段を上る。錆《さ》びかけた鉄の階段は、雨宮が足をかける度に硬く冷ややかな音を響かせていた。

「……ん？」

雨宮は、足を止める。すると、一歩遅れて足音が止《や》んだ。

すうっと背筋に冷たいものが走る。雨宮が早足で階段を駆け上がろうとすると、カンカンカンという足音が、二重になって聞こえるではないか。

誰か、ついて来ている。

雨宮はそう確信していた。しかし、その足音は妙に軽い。

老人が言っていた自治会とやらかと一瞬だけ過った可能性も、すぐに打ち消された。雨宮の背後から聞こえるのは、子供の足音だったからだ。

しかし、つんとした潮の臭いが、雨宮の身体にまとわりつく。後ろにいるのは、ただの子供ではない。

絶対に振り返ってはいけないと自分に命じながら、雨宮は前だけを見て、小走りで自宅へと辿《たど》り着き、鍵をねじ込んでドアをこじ開ける。

背後を振り返らぬまま、ドアを即座に閉め、内側から鍵とチェーンをかけたところで、ようやく一息ついた。

「これも、俺が見ている夢なのか……？」

今度は子供だなんて。一体、どんな気持ちがそんなものを生み出したのか。

雨宮はズキズキと痛み始める頭を抱えつつ、鞄を下ろして珈琲《コーヒー》を淹《い》れた。

就寝する前に、日向が持ち出してしまった冊子を、ちゃんと見ておきたかったのだ。

「資料室で見逃したものがあるかもしれないし……」

気を取り直して、雨宮は冊子の頁《ページ》をパラパラとめくる。すると、はらりと何かが抜け落ちた。

「なんだ？　写真……？」

それは、古びたモノクロ写真だった。姉と幼い弟と思しき女子と男子が、海を背景に写っており、二人とも幸せそうな笑みを湛《たた》えていた。

「家族写真、なんだろうが……」

一体、何故、資料館の冊子に挟まっていたのか。

写真が挟まっていたと思しき頁には、今から五十年前に幼い少年が行方不明になり、捜索を続けても見つからなかったという痛ましい事件について書かれていた。

「姉と二人で遊んでいたところ、弟が神隠しに遭ったと書いてあるな……。もしかして、この写真の男の子が……？」

神隠し。

嫌な響きだと、雨宮は思った。反射的に、あの、巨大な胎児の絵画を思い出す。

「……はっ！」

雨宮は、背後に気配を感じた。思わず、振り返ってしまう。

するとそこには、幼い少年が立っていた。

虚《うつ》ろな眼差しで、雨宮をじっと見つめている。少年の輪郭《りんかく》はあやふやで、この世のものではないことを示していた。

「君は、もしかして……」

つんとした潮の臭いにも構わず、雨宮は話し掛ける。目の前の少年は、写真に写っていた幼子と瓜二つだったのだ。

少年は、雨宮に向かって口を動かす。

「か・え・り・た・い……？」

雨宮が唇の動きを真似《まね》ると、少年は無言で頷く。そして、陽炎《かげろう》のように揺らいだかと思うと、消えてしまった。

「帰りたい……？　遺体を発見してくれということか？　それとも、この写真を資料館に戻せということなのか……？」

雨宮は写真を見つめる。写真の中の姉も弟も、雨宮に懇願するようにこちらを見つめ返していた。

遺体が見つかっていないのならば、見つけてやりたい。だが、今の自分に出来ることは、写真を返す方か。

「資料館……じゃないな。恐らくこれは――」

雨宮は、写真の中の姉の方を見やる。この少女も、今となっては高齢の女性だろう。

「なんにせよ、流石に、深夜に動くのはまずい。動くとしたら、……明日の朝だな」

雨宮はそう決意すると、他にヒントがないかと資料を読み進めたのであった。

翌朝。日が昇り始めた頃に、雨宮は家を出た。

体力を回復させるために床に就《つ》きはしたものの、全く眠れなかったのである。

「ああ。雨宮さん」

外階段を下りると、年老いた大家が掃き掃除をしていた。まさか人がいると思っていなかった雨宮はギョッとしたが、にこやかな挨拶《あいさつ》には、出来る限りの笑顔を返した。

「お早いですね。どちらへ？」

「ちょっと、散歩へ」

「昼間は暑いですしね。この時間の散歩が一番いいでしょう。幸い、この街は海に囲まれているし、海風が心地いいですからね」

大家は朗《ほが》らかにそう言うが、雨宮は同意出来なかった。この街の風は、何処か生臭く、爽《さわ》やかな気分にはなれなかった。

「あ、そうだ。お聞きしたいことがあるんですけど」

「なにか？」

「五十年前に行方不明になった男の子の話、御存じですか？」

雨宮が尋ねた瞬間、大家の表情はすっと消えた。その代わりに、あの魚のお面のような、得体の知れない目つきで雨宮を見つめる。

「その話を、何処から」

「ちょっと、小耳に挟みまして」

雨宮は何気なさを装《よそお》うが、手のひらは汗でぐっしょりだった。大家は、しばらくの間、雨宮をじっと見つめる。

だがやがて、大家は好々爺《こうこうや》の笑顔に戻った。

「牛尾《うしお》家の分家である、漣《さざなみ》さんのお宅のご長男が、神隠しに遭ってしまったんですよ。あの時は、街の人間が総出で捜しましてね。私の父も駆《か》り出されました」

「漣さん……ですか」

　復唱する雨宮に、「ええ」と大家は頷いた。

「お姉さんもひどく気落ちしていましてね。行方不明になった日も、一緒に遊んでいたようだったから、自分が目を離したせいだっておっしゃって」

「それは、お気の毒ですね……。今もご存命なんですか？」

「ええ。一丁目の隅で、ひっそりと暮らしていますよ。可哀相《かわいそう》に、その事件のせいか、嫁ぎ先でも身籠《みごも》ることが出来なくて」

　大家は同情するような面持《おもも》ちで言った。一度は街の外の人間のもとへと嫁いだもののの、関係が破綻《はたん》してしまい、綿津岬に戻って来たのだという。

「そんなことがあったんですね……。すいません。朝からそんな話をさせてしまって」

「いえいえ。こちらこそ、こんな話をしてしまって」

　大家も雨宮も苦笑する。

　それから他愛のない会話を交わし、雨宮はアパートを後にする。

　行き先は決まった。一丁目の隅にある、漣家だ。

一丁目は、雨宮への監視も厳しいだろう。自治会とやらと、また衝突するかもしれない。

しかし、雨宮は、見えない力に突き動かされるように、迷うことなく一丁目へと向かったのであった。


綿津岬一丁目は、それほど広くない。

未だに昭和の名残がある家々から、塀に囲まれた一回り大きな漣家を探し当てるまで、それほど時間はかからなかった。

うっすらと朝靄《あさもや》が掛かる中、雨宮は漣家の門のチャイムを鳴らした。塀の向こうにある庭木はすっかり荒れ果てていて、庭の手入れをしていないのは明らかであった。

塀にも罅が入り、門の前には何処からともなく運ばれて来た埃が塊になって落ちている。

人の手があまり入っていないところを見ると、廃墟なのかとすら思ってしまいそうだ。

チャイムが鳴ってしばらくしてから、「はい……?」と掠れた声が聞こえた。年老いた女性の声だった。恐らく、失踪《しっそう》した長男の姉だろう。

「朝早くにすいません。その、弟さんのことなんですけど」

インターホン越しに、息を呑《の》むような気配が伝わってくる。インターホンはすぐに切られ、代わりに、家の中から慌てたような足音が聞こえた。

「洋輔《ようすけ》が……洋輔が見つかったんですか⁉」

門を開け放って姿を現したのは、真っ白な髪の老女であった。家の中を疾走《しっそう》するだけの余力があるのが信じられないほど、身体はやせ細っていた。

だが、写真に写っていた少女の面影《おもかげ》はある。若い頃は美人だったのだろうな、と雨宮は頭の片隅で思った。

「も、申し訳御座いません。弟さんが見つかったというわけではなく……」

姉の顔に、明らかな落胆《らくたん》が窺えた。

「そうよね……。もう、失踪して五十年だもの。ごめんなさい……。それで、弟が何なの……？」

がっかりした女性は、更に老け込んで見えた。

この人は、恐らく、五十年前からずっと、弟の帰りを待っていたのだ。嫁ぐ時も、この家に戻った時も、そして、この家でひっそりと暮らしている時も。

「……その、これを漣さんに届けたくて」

雨宮は、女性にそっと写真を手渡す。その写真を見た瞬間、女性は目を見開き、口をあんぐりと開けたまま固まってしまった。

「そ、それは……」

「……資料館にあった冊子に、挟まっていたんです。もしかしたら、お忘れ物かと思って」

図書館の本に栞《しおり》やメモを挟みっ放しにしたまま返却するのは、よくあることだ。雨宮は出来るだけ意味深にならぬようなニュアンスを醸《かも》し出し、女性の反応を窺った。

「弟を捜す時に……本家に渡した写真よ……。返して欲しいと言ったんだけど、失《な》くしてしまったと言われて……」

女性の頬に、一筋の涙が伝う。涙の軌跡は乾き切った肌を潤《うるお》し、そこだけ瑞々《みずみず》しく見えた。

「ずっと、捜していたの……見つけてくれて、ありがとう……」

「い、いえ……」

他の写真は、と遠慮がちに尋ねると、二人で撮ったのはこれだけだったのだと女性は言った。今になって思えば、何故、そんな貴重な写真を渡してしまったのかと、女性は後悔の言葉を口にしていた。

その写真が唯一の、女性と消えた弟を繋《つな》ぐ絆《きずな》だったのだろう。

涙を流して写真を見つめる女性を見て、雨宮は心の底から安堵した。

そんな時、ふと、生温かい海風が背筋を撫でる。

雨宮が振り返ると、あの少年——洋輔が佇《たたず》んでいた。

相変わらず曖昧《あいまい》な輪郭であったが、雨宮と姉の方を見つめ、にっこりと微笑んだ。

洋輔の口が動く。『ありがとう』と彼は言っていた。

そうか、と雨宮の中で点と点が一本の線になった。

この洋輔は、姉が見ていた夢だったのだ。弟との絆を取り戻したいという気持ちが、絆を手にした雨宮に訴えてきたのだろう。

誰かが見た夢を、他の誰かが見ることが出来るのか。

洋輔は、涙を流す姉に歩み寄ったかと思うと、吸い込まれるように消えていった。彼が帰りたかったのは、ここだったのか。

「……おかえり」と雨宮は呟《つぶや》く。彼は無事に帰ることが出来たので、もう、姿を現すことはないだろう。

不可思議な出来事であったが、雨宮は悪い気はしなかった。

こうして、二人の切れかけた縁を取り戻せたのだから。

「貴方《あなた》のお陰で、大切なものを取り戻せたわ。お名前は、何というの？」

女性は丸まっていた背筋を伸ばし、穏やかな表情で雨宮に問う。

「雨宮です。先日、二丁目に引っ越して来たんですよ」

「そうなの。この街はちょっと変わっているから、不便を強《し》いられることもあるでしょう。私で良ければ、相談に乗りますからね」

遊びに来てくれればお茶も用意するから、と女性——漣婦人は品の好《よ》い笑顔を向けた。

それは、雨宮にとって頼もしい申し出だった。「それじゃあ、お言葉に甘えて後日にでも……」と遠慮がちに微笑み返しながらも、好機だと感じていた。

綿津岬を牛耳《ぎゆうじ》っている牛尾家の分家であれば、普通に調査をしても分からないことを知っているかもしれない。

光明《こうみよう》を見いだした雨宮は、目の前が明るくなるのを感じた。

そんな雨宮は、漣婦人が手にした写真を改めて見やる。姉と弟の仲睦《なかむつ》まじいその写真に、雨宮はふと違和感を覚えた。

それは、胸騒ぎにも近い。洋輔の顔を、何処かで見たことがあるような気がしたのだ。

気のせいだと思いながらも、雨宮は記憶の糸を手繰《たぐ》り寄せる。

すると、一人だけ引っかかる人物がいた。それは、雨宮が必死になって追っている、浅葱であった。

洋輔と、本来の明るさを取り戻した漣婦人を見比べると、成長した洋輔の姿を思い描くことが出来る。

それは、あの儚《はかな》げな青年――浅葱と瓜二つであった。

第六話

籠の中の蝶

綿津岬《わたつみさき》を取り仕切る牛尾《うしお》家の分家の女主人である漣《さざなみ》婦人の弟が、浅葱《あさぎ》と瓜二つだった。

正確には、行方不明になった弟が成長したら浅葱のような青年になるであろうという予想だが、雨宮《あまみや》はその結論に至った時、俄《にわか》に信じられなかった。

では、浅葱は何者なのか。

弟の幽霊なのだろうか。それとも、行方不明になった弟が海の底で生きていたというのだろうか。

だが、年頃の女子だった漣婦人が老人となるほどの年月が経《た》っている。弟が生きていたとしたら、青年ではなく老人になっているはずだ。

しかし、『浦島太郎』の話はどうだろう。

亀に連れられて竜宮城《りゅうぐうじょう》に行った浦島太郎は、竜宮城に少しの間滞在しただけだというのに、陸の世界は何十年もの年月が過ぎていたではないか。青年だった浦島太郎が、老人になるほどに。

海の中と陸とでは、時間の進み方が違う。そう考えれば、弟は海の中で生きていて青年となったという仮説が成り立つ。

「いや、そんな馬鹿な……」

雨宮は頭《かぶり》を振る。

だが、馬鹿なと思うことが起こるのが綿津岬だ。

雨宮は今、東京メトロ有楽町《ゆうらくちょう》線の豊洲《とよす》駅の前で、日向《ひゅうが》を待っていた。

遠くに聳《そび》える、綿津岬三丁目のタワーマンションは、暑さのせいで揺らいで見える。幅の広い道路には、逃げ水も窺《うかが》えた。

「暑……」

頬《ほお》を伝って顎《あご》から滴《したた》り落ちそうになる汗を拭《ぬぐ》いつつ、雨宮は呻《うめ》いた。

この辺りは海の近くだというのに、あまり涼しさを感じない。埋立地《うめたてち》でコンクリートとアスファルトが多く、交通量も建物も多いからだろうか。排熱のせいで、二酸化炭素が多いのかもしれない。

「雨宮さん！」

ワイシャツを腕まくりした日向が、陽炎《かげろう》が揺らぐ風景の向こうからやって来る。

仕事が一段落ついたというので、情報を交換するために待ち合わせをしていたのだ。

「いやー、今日も暑いっすね。お疲れ様です」

「……日向さんは、元気そうで何よりです」

へらへらと笑う日向に、若干の皮肉を込めて雨宮は言った。

「いや、昨日は仕事で徹夜してたので、テンションが上がっちゃって」

「……早めに終わらせましょう。何なら、仮眠をしてていいですから」

「睡眠学習的なやつですか!? そんなこと出来ないですからね、俺《おれ》!」

日向は首を横に振りながら、雨宮を近くの喫茶店に促《うなが》す。

キンキンに冷えた店内に入ると、「あーっ」と日向は声をあげた。

「生き返りますねー。何なら、若返りそうだ」

「日向さん、若いじゃないですか」

「少年時代に戻っちゃうって感じですかね」

冗談を交わしながら、二人は席に着く。アイスコーヒーを頼み、ウエイターを見送ると、日向は雨宮に向き直った。

「で、報告があるとのことで」

「ええ。例の資料、読み終わったので資料館に返却して来ました」

「えっ」

日向は目を丸くする。

「あれ、自分が返しに行くって言ったじゃないですか。……大丈夫でした?」

「特に何も問題ありませんでしたね。俺が気付く範囲では」

一応、顔を見られぬように帽子を目深《まぶか》に被《かぶ》って行った。しかし、受付には年老いた職員が一人いるだけで、雨宮が挨拶《あいさつ》をしても一瞥《いちべつ》もくれなかったのだ。

「資料の内容は?」

「特筆すべきことはありませんでした。でも、興味深いことがありまして」

雨宮は、日向から資料を受け取った後の出来事を話す。

挟まっていた姉弟の写真、少年の幻影、そして、漣婦人と行方不明になった弟のことを。

「成程《なるほど》……、そんなことが」

雨宮からの報告を聞くと、日向は真剣な顔で首をひねる。だが、それも一瞬のことで、「というか、よく自分でどうにかしようと思いましたね！」と身を乗り出した。

「男の子の幽霊なんて出たら、俺は真っ先にお寺に行きますよ！　そして、写真をお焚《た》き上げして貰《もら》います！」

「近所にある神社仏閣が、海神《わたつみ》神社なので……」

「ああ、選択肢がないってやつだ……」

日向は両手で顔を覆《おお》った。

「でも、お陰で牛尾家の分家の人と繋《つな》がれたんですよね。めちゃくちゃ進展があったじゃないですか！」

「そうですね。資料館にもなかった情報が聞けそうです。幸い、不便があったら相談に乗ると言われてますし」

「おおー、いい聞き込みが出来そうですね。是非、自分も同行……いや、男二人で押し掛けるのもよくないかな」

「まあ、一人暮らしのご婦人ですが……」

漣婦人にとって、自分達は子供か、下手《へた》をしたら孫くらいの年齢だ。果たして、自分達は男として見られるのかどうか、と雨宮は疑問に思う。

「それにしても、不思議な話ですよね」

「不思議な話は色々あるので、どれのことですか?」

「その漣さんが捜していた写真が、どうして資料に挟まっていたかってことですよ」

「確かに……」

資料は埃《ほこり》を被っていたし、長年放置されていたようだった。

しかし、かなり昔とはいえ、あの資料に写真を挟んだ人物がいるはずだ。

「彼女は、弟さんを捜す時に写真を本家に渡したと言っていましたし、牛尾家が関わっているんでしょうか……」

「また、牛尾家かぁ……」

日向は、メモを取りながら唸《うな》った。

「資料が抜けてたのも、牛尾家の仕業《しわざ》ですかね」

「もしかしたら。直接関わっていないにしても、全く知らないってことはないと思います」

メモをしていた日向のペンが、ふと止まる。

「ん、待てよ」

「どうしました？」

「牛尾家って、牛の尻尾《しっぽ》で牛尾ですよね」

「そうですけど」と雨宮は頷《うなず》く。

「いや、同じ音で、こういう漢字も当てはめられるなって思って」

日向はメモ帳に、『潮』という漢字を書き記す。

「確かに……」

「分家が漣家なので、ちょっと引っかかったんですよね。牛尾じゃなくて潮だったら、両方とも海に関連する名前になるなって」

だからどうってわけじゃないんですけど、と日向は肩を竦《すく》める。

「他の分家も、意外と海に関連する名前だったりして、と思ったんです」

「それは有り得ますね。海の名前を持ち、綿津岬で権力を持つ者達……」

権力と言いながらも、雨宮は別のことを考えていた。

綿津岬は、海の上の街。ずっと海と共に在り続け、神社には海の神を祀《まつ》っている。そんな街を牛耳《ぎゅうじ》る牛尾家は、海の神にまつわる秘密を守っているのではないだろうか。

恐らく、あの海神神社にある胎児《たいじ》の絵のことも、漣婦人は知っているのではないだろうか。

「海神神社に祀られている三柱《みはしら》目の神様について、漣婦人に聞いてみましょう」

雨宮の提案に、日向は頷いた。

「それが、浅葱さんに繋がるといいですね」

「ええ、本当に」

そして、洋輔《ようすけ》と浅葱の繋がりも気になるところだった。

雨宮は、ふと、一ノ瀬《いちのせ》の言葉を思い出す。一ノ瀬は、浅葱が神様のようだとも言っていた。まさか、と一瞬だけ嫌な予感が過《よぎ》るものの、雨宮はそれを打ち消した。

そんな雨宮達の前に、アイスコーヒーが運ばれてくる。

二人はそれを啜《すす》りながら、今後の予定を決めることにした。

「まずは、漣さんに話を聞いてみるって感じですかね」と日向がメモにペンを走らせる。

「そうですね。やっぱり、日向さんが言ったように、自分一人で行きますよ。その方が警戒されなくて、色々と話してくれそうですし」

「了解。何か、協力出来ることがあったら言って下さい。俺、何でもしますんで」

日向は、力こぶを作る仕草をしてみせる。しかし、笑顔とは裏腹に、顔色はあまり優《すぐ》れない。

「日向さんはまず、早々に帰って仮眠をとった方がいいかと」

「はぁい……」

母親に叱《しか》られた子供のように肩を落としつつ、日向は力ない返事をした。

「それにしても、日向さんの会社って大変なんですね。徹夜で会社にいるっていうのは、よくあるんですか？」

「まあ、それなりには」

日向は、へらっと力なく笑う。

「今回は、ちょっとイレギュラーだったんですけどね。他部署のヘルプを頼まれちゃって。気付いたら、太陽が東から昇ってました」

「あんまり、無理をしないで下さいね」

「心配してくれるんですか？　優しいなぁ」

日向は、目をキラキラと輝かせた。

「そりゃあ、しますよ。浅葱を捜す者同士ですし」と雨宮はきっぱりと言う。

「ううっ。そうやって、人間扱いされたのは久々ですよ。いやもう、聞いて下さい。色々とひどくって――」

「はあ……」

日向は涙ぐみながら、会社であったひどいことを次々と挙げ始める。

これも、徹夜明けのテンションのせいなのかと、雨宮は抵抗を諦めて聞き流すことにした。

「――というわけなんですよ。もー、本当に各所に平謝りして何とかなりましたけど、なんで俺が尻拭いをしなきゃいけないのかと」

「そうですね」

雨宮は、アイスコーヒーを飲みながら遠い目をする。頭の中は、漣婦人にどう話をしたらいいかということでいっぱいだった。

「いやでも、百歩譲《ゆず》って俺が悪いってことにしたって、その対応はどうかと思いますよねぇ！」

「はいはい。そうですね」

雨宮は適当に相槌《あいづち》を打ちながら、ニライカナイと綿津岬の関連性について考えていた。漣婦人から、良い情報が得られればいいのだが。

「で、その人はアサギ――」

「えっ？」

雨宮は、弾《はじ》かれたように日向の方を見やる。

日向もまた、今まで生返事をしていた雨宮が急に反応したので、驚いたように目を丸くしていた。

「ど、どうしたんですか」

「いや。今、浅葱って……」

「ああ。アサギマダラの資料が、用意出来ないっていう話ですよ。写真の権利がどうとかで、トラブルがあったらしくて」

「ああ、そういう……」

どうやら、仕事の話だったらしい。全く関連性がない話題で浅葱の名前が出たので、つい、過剰反応してしまった。

「意識し過ぎですから！」と日向は苦笑する。

「アサギマダラって、海を旅する蝶々《ちょうちょう》でしたよね」

雨宮の問いに、「そうです」と日向は深く頷いた。

浅葱色の翅《はね》に、黒い筋の美しい模様が描かれている。日本から、南西諸島や台湾に移動する、渡り蝶である。

浅葱とは、正反対だな、と雨宮は思った。

彼は、あの廃墟同然の喫茶店に縛《しば》られているようだった。彼も、本当は渡りをしたいのだろうか。

「アサギマダラって、海の向こうから来るんですよね。水平線の向こうから蝶々が飛んで来るのって、神秘的だと思いません？」

日向の愚痴《ぐち》はいつの間にか終わり、アサギマダラについて語っていた。

「海の、向こうから……」

また、海だ。

「あれ、浅葱さんの着物も、アサギマダラでしたよね」

日向の言葉に、ハッとした。浅葱の着物にあしらわれた蝶々は、正《まさ》しくアサギマダラではないか。

「浅葱の名前って、もしかして……」

「アサギマダラからきてるんですかね……」

雨宮と日向は、顔を見合わせる。

雨宮はカフェの窓の外に、青み掛かった翅の蝶々がひらひらと舞っているのを、視界の隅に捉《とら》えたような気がした。


数日後、雨宮は漣家を訪問した。

豊洲のショッピングモールで購入した茶菓子を手土産にした雨宮は、古びた日本家屋の中へと招かれた。

「お邪魔します……」

広々とした玄関の引き戸をぴしゃりと閉めると、石の床の冷たさが玄関全体をひんやりと包み込んだような気がした。

「あまり片付いていなくてお恥ずかしいのだけど」

漣婦人は、初めて会った時よりも顔色が良くなっていた。

荒れ果てていた庭先の植木は手入れがされており、外から見た屋敷の雰囲気は明るかった。

しかし、昼間だというのに廊下は薄暗く、夏だというのにやけに涼しかった。

冷房の涼しさではない。木の床を踏みしめると、底冷えがするような感覚が足の裏を撫《な》でた。

「外は暑かったでしょう?」

漣婦人は、年齢の割には背筋をしゃんと伸ばして、古い木の床を軋《きし》ませながら先導する。

「連日猛暑続きで、まいってしまいますね」

雨宮は、漣婦人に話を合わせた。

「こんな時は、海にでも入りたい気分」

「海に？」

「貴方《あなた》はそう思わないの？」

「いえ、泳げないので」

雨宮は、咄嗟《とっさ》に嘘を吐《つ》いた。

「それじゃあ仕方ないわね」

漣婦人は、鈴を転がすような声で笑った。まるで少女のように、優雅な仕草で。

雨宮は、綿津岬の周りの海で泳ぐ気にはなれなかった。

浜がないし、運河として使われているので船の往来が多くて危険というのもあったが、それらを差し引いても御免こうむりたかった。

一度運河に突き落とされた雨宮は、綿津岬の海を知っている。

全身に粘りつくようなあの水を。そして、綿津岬の下に眠る異形《いぎょう》のものを。

「漣さんは、泳ぎたいと思ったことが？」

漣婦人の背中に、雨宮は問う。

婦人は白髪《しらが》を結《ゆ》い上げており、白いうなじに後《おく》れ毛が揺れていた。歩調とは別の力に動かされるように、さわさわと。

「そうね。海を見る度《たび》に、懐かしくなるの。私はあの海の中にいるべきなのかもしれないって、思う時があってね」

「海の中に……」

「全《すべ》ての生き物は、海から来たというでしょう？　だから、海は私達のお母さんなのかもしれないわね」

「そう……ですね」

雨宮は、表面上は同意する。

そうしているうちに、客間に辿《たど》り着いた。漣婦人は座布団に雨宮を促し、台所へと消えた。

漣婦人が立ち去ると、客間はしんと静まり返った。

いや、家の中に自分しかいないのではないかと錯覚するくらい、人の気配が消え去っていた。

客間は十二畳と広く、古びた棚に、どこかの土産と思《おぼ》しき木彫りの像が飾られていたが、全体的にものが少なく、がらんとしていた。

畳は古く、すっかり色褪《いろあ》せている。部屋の隅には、どんよりとした薄闇がよどんでいた。

この家が廃墟で、漣婦人が幻だったと言われても、不思議ではないくらいだ。

襖《ふすま》が僅《わず》かに開いており、隣にある仏間の様子が窺えた。仏壇には、先祖代々のものと思しき位牌《いはい》と、雨宮が見つけた写真が遺影のように飾られていた。漣婦人は、洋輔が生きていて欲しいと思いながらも、もう生きてはいないと思っているのだろう。毎日、あの仏壇に向かって、彼の無事を祈っているのだろうか。

「流石《さすが》に、彼のことは聞けないか……」

浅葱との関連性が気になったものの、雨宮は自分の心を押し殺した。

「それにしても……、やけに冷えるな」

客間の何処を見ても、エアコンは見当たらない。それなのに、底冷えするような寒さを感じながら、雨宮はじっと漣婦人が戻るのを待った。

「遅くなってごめんなさい。貴方、水羊羹《みずようかん》は召し上がる？」

幸い、漣婦人は幻ではなかった。

二人分の麦茶と、水羊羹を運んで来てくれたのだ。

「ええ。お気遣い有り難う御座《ござ》います」と雨宮は微笑《ほほえ》む。

「ちょっと暗いわね」

漣婦人は苦笑しながら、障子《しょうじ》と窓を開け放つ。

外から入り込んだムッとした熱気が得体の知れない冷気を払い、外界の光がよどんでいた闇を消してくれた。

「家の中、随分と涼しいんですね」

「そうね。そういう地形だからかしら」

「そうかもしれませんね」

漣婦人の家は、平地にある。家の周りに特別なものは見当たらない。雨宮は地形のせいとは思えなかったが、他に原因が分からなかったので、頷くしかなかった。

「それで、聞きたいことがあるということだったけれど」

「実は……」

外では蟬《せみ》が鳴いている。

門はきっちりと閉められており、塀は高い。家には漣婦人以外いないようだから、誰かに聞かれる心配はなかった。

「海神神社についてなんですが」

「ええ。この家の近くにあるわね。お祭りには行ったのかしら？」

「はい。とても……迫力がありました」

祭りの異様な熱気を思い出しながら、当たり障《さわ》りがないコメントをする。

「そう。私はちょっと、あの雰囲気が苦手でね」

「そうなんですか……？」

雨宮の問いに、漣婦人は辺りを窺うように見回した後、声を潜《ひそ》めてこう言った。

「弟を――洋輔を失ってから、あの人形を投げ入れるところを見るのが、恐ろしくなってしまって。あれが、本物の人間に見えてしまうのよね」

「……自分もです」

「そうなの……」

雨宮が同意をすると、漣婦人は安堵《あんど》するように目を細める。

「あれはね。大漁を願う意味も込められているのだけど、神様を眠らせておくものでもあるのよ」

「神様を眠らせる?」

雨宮は、思わず身を乗り出した。

「ええ。この街は神様の上に造られたから、神様が起きてしまうといけないわけね。だから、神様に供物《くもつ》を捧《ささ》げ、ここで眠っていてくれるようにと祈っているのよ」

「その神様って、海神やえびす神とはまた違った……?」

雨宮の脳裏《のうり》に、あの胎児の姿が過る。

漣婦人は、神妙な面持《おもも》ちで頷いた。

「海神様とえびす様をお祀りする前は、マレビト様をお祀りしていたのよ。全ては、そのマレビト様から始まったの」

「マレビト……」

雨宮は、聞いたことがあった。

マレビトというのは、異界から来る神だということを。

「もしかして、海の向こうから……？」

「そうね。知っていたの？」

目を丸くする漣婦人に、雨宮は首を横に振った。

「いいえ。民俗学を少しだけかじっていたので、もしかしたらと思いまして」

「そうなのね。ここのマレビト様も、貴方が言う通りよ」

海の向こうからやって来て、綿津岬のもととなった岩礁《がんしょう》の辺りに住み着いたのだという。マレビトのお陰で、魚はよく獲《と》れ、漁師達の生活は潤《うるお》ったのだそうだ。

「マレビトって、どんな姿をしているんです？」

雨宮の問いかけに、「それは……」と漣婦人は言葉を濁《にご》した。

「これは、外の人には秘密にしておくことなのだけど、貴方は、綿津岬の人だしね」

「話しづらいことならば、別にいいんですけど」

遠慮する素振《そぶ》りを見せる雨宮であったが、漣婦人は静かに首を横に振ってこう言った。

「胎児の、姿をしているらしいの」

やはり。

雨宮の中で、パズルのピースがぴったりとはまる。雨宮が社殿《しゃでん》の中で見た絵画は、マレビトの姿を描いたものだったのか。

まさか、三柱目の神が主神だとは。

「胎児の姿だなんて、想像がつきません」

雨宮は、真顔でうそぶいた。

「何故《なぜ》胎児の姿かは分からないけど、もしかしたら、眠っているという伝説からそういう姿を想像したのかもしれないわね」

「誰かが、見たという可能性は?」

雨宮の言葉に、「まさか」と漣婦人は苦笑した。

「マレビト様は綿津岬の下にいるのよ。目にするとしたら、海の中に行かないと」

「そう、ですね……」

雨宮は、海に沈んだ時に見た光景を思い出す。

あれは、死の淵《ふち》に立たされた自分が見た悪夢かと思ったが、もしかしたら、現実だったのだろうか。

雨宮は、難しい顔で眉間《みけん》を揉《も》んだ。

何処《どこ》からが現実で、何処からが夢なのか。

綿津岬の怪異は、人々の夢だと浅葱が言っていた。夢が具現化する街。そして、その街の下に眠るマレビト。

それではまるで、この街自体がマレビトが見ている夢であり、蜃気楼《しんきろう》のようではないか。

「大丈夫？」

気付いた時には、漣婦人が雨宮の顔を覗《のぞ》き込んでいた。

「顔色が悪いようだけど」

「すいません。外があまりにも暑かったもので」

「熱中症かしら。少し、休んでいく？」

労《いたわ》るような漣婦人の申し出を、「大丈夫です」と雨宮はやんわりと断った。

「あまり、長居をするわけにもいかないですしね。この後、仕事もあるので」

「若い人は大変ね」

漣婦人は、心配そうにそう言った。

「……そういえば、もう一つお聞きしてもいいですか？」

氷がほとんど溶けてしまった麦茶を飲み干しながら、雨宮は問う。

「ミチルという名に心当たりは」

自治会に追いかけられた時に助けてくれた、あの不思議な少女を思い出す。

だが、ミチルの名を出した瞬間、漣婦人の顔は強張《こわば》り、気にするように外を見やった。誰もいないのを確認すると、漣婦人は声を潜めて雨宮の質問に答える。

「牛尾家の長女が、ミチルという名前なの。私もあまり会ったことがないのだけど……」

それ以上の言葉が、漣婦人から出ることはなかった。「そうですか。有り難う御座います」と一礼して、雨宮は漣家を後にしたのであった。


綿津岬の神社に祀られているのは、海の向こうから来たというマレビトという神だった。それを眠らせておくために、祭りがあるのだという。

自分と日向が社殿を探ろうとしていたところを、ミチルは見ていた。そして、そのミチルは牛尾家の長女だった。

そんな彼女ならば、自治会を動かす力を持っているかもしれない。彼女の一声で自治会を抑制したり、逆に、雨宮達を襲わせたりすることも可能だろう。そう考えると、祭りの秘密を守るために、雨宮と日向を自治会に始末させようとしたのかもしれない。

「いや、始末するつもりなら、もうされているか……」

雨宮達を海に突き落としたのは、警告だったのだろう。これ以上、関わるなという。

だが、雨宮は諦め切れなかった。瞼《まぶた》を閉じると、浅葱のあの哀《かな》しそうな表情が浮かぶのだ。

アサギマダラも、海の向こうからやって来る。そして、時期が来たらまた、海の向こうへと還《かえ》って行くのだ。

籠の中のアサギマダラは、どうやったら解き放てるのだろう。解き放とうにも、籠の場所すら分からない。

雨宮は、夕日に染まる海をぼんやりと眺めていた。

綿津岬二丁目の遊歩道からは、運河を走るクルーザーが見えた。

もう少しで、街は夜の帳《とばり》に包まれて、街の明かりで彩られる。運河に掛けられた橋も明るくライトアップされ、ロマンチックなムードを演出することだろう。

遠くの空に、タワーマンションが聳えている。無数の窓からは、ちらほらと明かりが窺え、その一つ一つの向こうに見知らぬ人間が生活していると思うと不思議な気分になった。

ふと、海風に乗ってギターを掻《か》き鳴らす音が聞こえた。

雨宮がそちらを振り向くと、そこには、鮮やかな赤い髪の青年が、海を背景にギターを演奏しているではないか。

ストリートミュージシャンだろうか。

その割には、人気《ひとけ》のない場所で演奏をしているなと思いながら、雨宮は吸い寄せられるようにそちらへと向かった。

青年は肩から着物を羽織り、いかつい甲虫《こうちゅう》のようなギターを手にしている。

攻撃的なデザインの割には、そのギターから奏《かな》でられる旋律《せんりつ》は穏やかで、青年の歌声は眠りを誘うように優しかった。

「子守……歌？」

伝説が本当ならば、雨宮が見たものが本当ならば、今もこの下でマレビトとやらが眠っている。それに、語り聞かせているのだろうか。

「せや」

ストリートミュージシャンは、ギターを掻き鳴らしたまま頷いた。妙に関西風の訛《なま》りがある喋《しゃべ》り方だった。

「神さんの上に、人がぎょうさん住んどるし、安らかに眠って頂いた方がええと思うてな」

よく見ると、青年は両目を閉ざしたままだった。傍《かたわ》らに白杖《はくじょう》があるところを見ると、目が不自由なのだろうか。

「貴方は、ここに神が眠っていることを知ってるんですか？」

牛尾家に関わる人間だろうか。しかし、どうも綿津岬の人間ではなさそうだ。こんな特徴的な装《よそお》いの人物は、すれ違ったら絶対に忘れないだろうし。

それに、においも違っていた。

綿津岬全体には、濃い潮のにおいが漂《ただよ》っている。自然とそうなるのか、そこに長くいるであろう人間もそのにおいをまとっていた。

しかし、目の前の青年は違う。

もっと濃い。それこそ、海の中のような――。

「神さんがいるっちゅーのは、気配で分かるで」

青年は、妙な訛りでさらりと言った。

「気配で？」

「おじさん、常世《とこよ》のモンにちょいと詳しいんや」

おじさんを自称しながら、青年はニッと歯を見せて笑った。彼は、朱詩《あかし》と名乗った。

「常世って、あの世のことですよね」

「せやな。信仰によっては、海の向こうを指すこともあるんやけど」

朱詩は、目を閉ざしたまま海の方を見やる。東京湾の中なので、大海原《おおうなばら》を見渡すことは出来ないが、朱詩が言わんとしていることは分かった。

それはすなわち、浮世の海の向こうではなく、浮世の果ての先にある狭間《はざま》のことだ。

「ニライカナイ……」

海の向こう、もしくは海の中にある異界を指す言葉。神はそこからやって来て、豊穣《ほうじょう》を齎《もたら》すという。

「その、常世に行く方法は、あったりするんですか？」

「そりゃあ、死んでしまうしかないなぁ」

朱詩は、軽く笑いながらそう言った。

確かに、二回目の訪問は、雨宮が生死の狭間を彷徨《さまよ》った時であった。

「やはり、死ぬとニライカナイに行ける……」

「あ、いやいや。おにーさん、早まったらあかんで」

朱詩は演奏をやめると、慌てて雨宮を制した。

「いえ、知り合いの弟が行方不明になって何十年も経つので、もしかしたら、ニライカナイに行ったのかなと」

雨宮の言葉に、「ああ」と朱詩は納得したように相槌を打った。

「その可能性はあるなぁ」

「ニライカナイに行った人間が、成長する可能性は？」

「そりゃあ、個人によってちゃうねん。ニライカナイは概念の世界や。そのままのモンもおるかもしれんし、成長したかったモンは成長するかも」

「……詳しいですね」

「おじさんも、海の向こうから来たからな」

朱詩は、海の方を指さしながら言った。

「それは、海外からという意味ですか。それとも――」

「好きに捉えてええよ」

朱詩は微笑む。食えない相手だと、雨宮は思った。

「人の魂は海の向こうに行って、神は海から来る。海の向こうには、色々なものが行き来しているんですね。蝶々もそうだし……」

「蝶々？」

朱詩は、不思議そうな顔をする。

「アサギマダラのことです。海を渡る蝶々がいるので」

「ああ、あの蝶々な。てっきり、魂の方かと」

「魂？」

今度は、雨宮が不思議そうな顔をする番だった。

「人の魂は、蝶々になることがあるんや。そういうのを、『蝶化身《けしん》』って呼ぶんやで」

宮城・山形の蔵王山《ざおうさん》では、死んだ人が蝶々になったという言い伝えがある。沖縄でも、蝶々は死者の霊魂だとし、夜に飛び回るのは不吉とされているとのことだった。

「そう考えると、アサギマダラの渡りは、お盆の初めにやって来て終わりに還る死者の魂みたいだな……」

ぽつりと呟《つぶや》く雨宮に、「せやね」と朱詩は律儀に頷いた。

「死んだり、死にかけたりする以外に、ニライカナイに行く方法はあるんですか？」

「ないこともない」

朱詩の言葉に、雨宮は飛びつきそうになる自分を制しながら尋ねる。

「一体、どうすれば……」

「せやな。流石に深いところとなると相応の手順が必要やけど、境界の辺りならば、ちょろちょろっと行ける可能性があるな」

この土地、ならば、と朱詩は言った。

「この土地、ならば……？」

「神さんの夢の中にお邪魔すれば、常世の入口に行けるかもしれんっちゅーことや」

「神様の、夢の中に……」

どうやって、と聞かんばかりの雨宮に、朱詩はギターをかき鳴らした。

「夢には夢ってことや。おにーさん、ちょいとそこに寝っ転がってみてや」

「え、いや……」

朱詩は、そばにポツンとあるベンチを顎で指す。半信半疑で腰かける雨宮であったが、流石に寝っ転がる気にはなれなかった。

「それにしても、おにーさんは大変やな」

「えっ？」

「海に突き落とされても尚《なお》、追いかけたいものがあるとは。これで二度目になるけど、おじさん、力を貸したるわ」

「二度目って、もしかして……」

海に落ちた雨宮達を助けてくれたのは、朱詩なのか。

雨宮が戸惑っているうちに、朱詩はギターを演奏し始める。

それはゆったりとして、穏やかな音色だった。朱詩の優しい歌声も相俟《あいま》って、雨宮はあっという間に眠りについたのであった。

気付いた時には、あの廃墟同然の喫茶店の中にいた。

見慣れた店内をぐるりと見渡し、雨宮は己《おのれ》の頬を叩いて、夢でないことを確認する。

「いや、夢……なのか？」

朱詩の言葉を借りるなら、これは神様の夢だ。

夢の中の現実と呼ぶべきか、それとも、現実の中の夢と呼ぶべきか。

「いらっしゃいませ」

奥から静かな声が聞こえる。雨宮がそちらを振り向くと、浅葱がそっと佇《たたず》んでいた。

「まさか、夢の中からお出《い》で頂くことになるとは」

「浅葱……、本物なのか？」

雨宮は、浅葱の姿を頭からつま先まで眺める。

烏羽玉《うばたま》の黒髪に、白磁《はくじ》のような肌。そして、アサギマダラをあしらった着物。間違いなく、綿津岬にやって来たばかりの雨宮を救った浅葱であった。

浅葱の着物に散りばめられたアサギマダラは、彼にまとわりつく死者の魂のようにも見えた。いいや、彼自身が、死者の魂なのだろうか。

「夢か現《うつつ》かと問われたら、私は夢なのでしょう」

浅葱は、目を伏せながら答える。それに対して、雨宮は首を横に振った。

「ここにいて、俺を認識して、俺と会話をしてくれているなら本物だ。俺にとっての、現実だ」

「何故」

浅葱の整った唇は、困惑したような声を紡《つむ》ぐ。

「貴方は度々私に会いに来るのです？　貴方にはもう、私の力は必要ないというのに」

「あの時は、本当に世話になった。まず、お礼を言いたかったんだ」

雨宮はすっと背筋を伸ばしたかと思うと、浅葱に向かって頭を下げた。

「有り難う。俺の迷いを、断ち切ってくれて。自らを蝕《むしば》もうとする、怪異から助けてくれて」

「それが、私がなすべきことですから」

浅葱は、静かに頭《かぶり》を振った。

「何故、こんな場所で怪談を集めているんだ？」

「それは……」

浅葱の整った唇は、躊躇《ためら》うように震えていた。彼は雨宮の目を見つめる。雨宮もまた、浅葱を見つめ返した。

すると、浅葱は溜息《ためいき》のようにか細い声で、こう答える。

「それもまた、私だからです」

「怪談が……浅葱……？」

「その逆とも言えましょう。私は、この街の怪異であり、怪異の一つでもある」

「そんな馬鹿な。怪異は悪夢の具現化のようなものだろう？　あんたは、そうじゃない」

迷い込んだ人々をもてなし、安堵させ、悪夢から解放してくれる。だからこそ、雨宮のみならず、一ノ瀬も日向も、浅葱に礼を言いたいと彼を捜していた。

「朱詩は、ここは神の夢の中だと言っていた。綿津岬の主神である、マレビトの」

雨宮の言葉に、浅葱はハッと目を見張る。彼は目を伏せ、観念したように答えた。

「マレビトが夢を見るから、綿津岬に住まう人々もまた、夢を見て、それが形になるのです。それは、必ずしも悪夢ではありません。悪夢は、怪異として認識されます」

「悪夢は、確かに怖いしな……。怪異だと認識するのは、仕方がないことだ……」

雨宮もまた、自責の悪夢が具現化し、それを怪異として怯《おび》えていた。一ノ瀬はトラウマが、日向は強迫観念が怪異となって、彼らを襲っていた。

「もしかして、悪夢ではない部分が……」

雨宮の言葉に、浅葱は静かに頷いた。

悪夢ではない夢が、浅葱だというのだろうか。

「死者への祈りもまた、私の一部です」

「死者……。死者の魂である『蝶化身』……」

「死者は概念の存在となり、彼らは誰かに記憶されていることで存在し続けます。死者への祈りもまた、死者の魂の存在証明になる。祈りの集合体である私は、悪夢に苛《さいな》まれて境界を彷徨う人々をもてなし、悪夢から解放するのが役目なのです」

雨宮は、確信した。

死者への祈りが集まり、人々を悪夢から解放する場所。それが、ニライカナイの正体だった。悪夢から解放する一環として、もてなしがあり、そのもてなしの形が喫茶店だったのか。

喫茶店が廃墟じみた姿なのは、浅葱自身が死者の集合体とも言える存在だから。死という概念から抜け切らず、建物もまた、死のにおいが濃かったのだろう。それでも癒《いや》されるのは、それが、祈りの具現化だったから。

「その姿も、祈りの一つなのか？」

「ええ、恐らく」

死者への祈りの中には、漣婦人の祈りも混ざっているのだろう。彼女の弟を想う気持ちが、浅葱の姿を形成しているのか。

「だけど、浅葱。あんたは、海の向こうに行きたいんじゃないのか？」

「それは……」

浅葱は、困惑するように目を伏せる。

アサギマダラは海を渡るものだ。死者への祈りもまた、海の向こう、即ち常世に渡りたいのではないだろうか。

「今度は、俺があんたの力になりたい」

「私の、力に？」

浅葱は首を傾げ、目を瞬《しばたた》かせる。

「あんたがここに囚《とら》われているのなら、ここから連れ出したいんだ」

「いけません、志朗《しろう》さん」

浅葱は眉《まゆ》を寄せ、きゅっと唇を噛《か》み締める。表情の変化が乏しい彼が見せる、明らかな困惑と葛藤《かっとう》の表情だった。

「以前にも申し上げたように、私はここから出られないのです」

「でも、出たいんじゃないのか？　アサギマダラが海の向こうに行くみたいに、然《しか》るべき場所に行きたいんじゃないのか？」

「……」

浅葱は沈黙する。それが、答えだった。

「俺は、あんたの願いを叶《かな》えたい。方法がないなら、模索したい。あんたに、ちゃんと借りを返したい」

「借りなんて、いいのです。怪異の謎を紐解《ひもと》くことも、私の役目ですから」

浅葱は、再び頭を振った。そんな彼に、「でも」と雨宮は続ける。

「あんな顔をされたら、是が非でも連れ出したくなる」

浅葱に、連れ出すと言った時の表情を思い出す。

あの儚《はかな》げで、哀しそうな表情が、ずっと頭から離れなかった。

「志朗さんは、優しくて義理堅い方なんですね」

「……そうかな。意地っ張りなだけかもしれない」

「ふふっ……」

浅葱の顔が、ふと綻《ほころ》んだ。

波打ち際に打ち寄せる漣のような笑い声が、雨宮の耳をくすぐった。

「浅葱……」

「……失礼しました」

浅葱は表情を隠すように、着物の袖《そで》でさっと口元を隠す。

「いや、いいんだ……。ようやく、笑顔が見られたと思って」

浅葱の哀しそうな表情の向こう側を垣間見《かいまみ》た雨宮の表情も、自然と綻んでいた。

それは、安堵の表情だったのかもしれないが。

「私は、外の世界を知りません」

浅葱は、ぽつりと言った。

「外の世界は、大海原は、広いのでしょうね」

「浅葱……」

浅葱の目は、遠くを見ていた。そこには、切なさと、哀しみと、憧れがあった。

光がなかった瞳に、光が差したように見えた。

それはさながら、夜明けの海のようで――。

「綺麗《きれい》だ……」

雨宮は、思わず呟く。光が満ち溢《あふ》れる水平線の向こうに、吸い込まれるかのようだった。

その時であった。雨宮の指先やつま先が、蜃気楼のように揺らいだのは。

夢が覚める。

雨宮は直感的にそう思った。

「浅葱！」

雨宮は、咄嗟に手を伸ばす。床を踏みしめる足の感覚がなくなり、ニライカナイを満たす潮の香りを感じられなくなる。急速に、現実に引き戻されるのを感じた。

浅葱は揺らぐ瞳で、雨宮の消えそうな手を見つめていた。

導かれるように、細い指先を虚空《こくう》に彷徨わせる。躊躇いがちに動く彼の手は、何度も下ろされそうになったが――。

「もし、外に出られる方法があるなら……」

浅葱の手は、消えそうな雨宮の手に重ねられた。

「お願いです。私を、連れて行って――」

彫刻のような浅葱の頬に、一筋の涙が伝う。

そんな彼を引き寄せようとしたその時、彼の姿は無数の光の塊《かたまり》に変わった。

光は、目の前をひらひらと舞う。これは、光の蝶々か。

無数の蝶々が散り散りになる中、一匹の蝶々が、雨宮の胸の中に飛び込んで来た。雨宮がそれをしっかりと受け止めると、ニライカナイの風景は消え去ったのであった。


「はっ……！」

雨宮が目を覚ましたのは、綿津岬のベンチの上だった。

全身がひどく気《け》だるい。ベンチの上で眠っていたせいか、背中が痛かった。

辺りは、すっかり暗くなっていた。それどころか、東の空が白《しら》んでいる。周囲を見回すが、盲目のストリートミュージシャンの姿は幻のように消えていた。

朱詩はいったい何者だったのか。

盲目で弦楽器を爪弾《つまび》くなんて、琵琶法師《びわほうし》のようではないか。

そういえば、海の上を歩く琵琶を担いだ盲目の妖怪がいたな、と雨宮は思い出す。鳥山石燕《とりやませきえん》の『画図百鬼夜行《がずひやっきやこう》』に記された、海座頭《うみざとう》という名の妖怪だったか。

この街ならば、妖怪変化《へんげ》だろうが何だろうが、現れてもおかしくない。

雨宮は、そう思うようになっていた。

「浅葱……」

朱詩が何者であれ、彼のお陰で浅葱と再会することが出来た。そして、浅葱の話を聞くことも。

「雨宮さん！」

遠くから、二人分の足音と、自分を呼ぶ声が聞こえた。一ノ瀬と日向が、走って来るところだった。

「二人とも、どうしてここに……」

「いや、寧《むし》ろ、雨宮さんこそ！」と日向は目を丸くしている。

「お二人とも、もしかして、蝶々を追いかけて？」と、一ノ瀬は息を切らせながら尋ねた。

「蝶々を……追いかけて？」

雨宮は首を傾《かし》げる。一方、日向は合点《がてん》がいったような顔をした。

「えっ、君も？」

「はい」と一ノ瀬は頷く。

「というか、君は見たことがあるような……」

「彼女も、浅葱に会った人です」

雨宮は、一ノ瀬のことを簡単に日向に紹介する。日向は、「ああ、祭りで見かけた浴衣姿が可愛かった子だ！」と思い出し、一ノ瀬に自己紹介をした。

「で、一ノ瀬さんがここに来た理由って……」

「ええ。家に帰ろうとした時、青白くて黒い筋が綺麗な蝶々が、目の前を飛んでたんです。ぼんやりと光っていて、まるで夜道を照らすように……」

一ノ瀬は、それが浅葱の着物の柄になっていた蝶々だと気付いた。その途端、蝶々は海に向かって真《ま》っ直《す》ぐに飛んで行った。一ノ瀬が、思わずそれを追っていると、雨宮達と合流したのだという。

「俺も同じだ……」

日向もまた、驚いたように目を丸くしていた。蝶々に導かれてやって来たものの、肝心《かんじん》の蝶々は消えていた。

「浅葱が、呼び寄せたのか……？」

「えっ」

雨宮の呟きに、二人は声を重ねる。

「浅葱に、会ったんです」

「マジっすか！」と日向は目を剝《む》いた。

「こ、今度は、どんな感じでした？　というか、また危ない目に!?」と一ノ瀬は詰め寄る。

海のにおいは相変わらずだが、生臭さはない。今ならば、綿津岬の人間の監視の目はないように思われた。

雨宮は、順を追って説明した。

この街がマレビトを主神としていること。不思議なミュージシャンに会ったこと。夢の中で浅葱に会ったこと。そして、浅葱が海の向こうに行きたがっていることを。

その間、雨宮はずっと胸の辺りを押さえていた。正体が分からない複雑な感情が、渦巻いたままだったから。

雨宮が話し終わると、「そう……だったんですね」と日向は、神妙な面持ちで相槌を打つ。

「あっ、雨宮さん」

一ノ瀬は、ハッとして雨宮のことを見つめ返す。それに促された日向もまた、雨宮のことを見て目を丸くした。

雨宮の頬に、生ぬるい感触が伝わる。手の甲で拭ってみると、それは、涙だった。

「これは……」

胸が、やけに温かかった。ニライカナイが消える直前、蝶々が飛び込んで来た位置だ。

雨宮は、わけも分からず哀しい気持ちになっていた。しかし、それと同時に、優しい気持ちにも包まれていた。

「そうか。これが、浅葱の正体か……」

「浅葱さんの、正体……？」

胸に宿ったこの気持ちが、哀しみと慈《いつく》しみを乗せた、死者への祈りなのだろう。それは、決まった場所にあるわけではなく、何処にでもあり、すぐそばを漂《ただよ》っているものだった。

ニライカナイも浅葱も、そんな場所に存在しているのだろう。雨宮も、一ノ瀬も、日向も、何かに縋《すが》る必要があって、そんな場所に導かれたのだろう。

「浅葱は、この街の何処にでもいるんだ。行こうと思えば、何処からでも行ける。だから、俺達がニライカナイに迷い込んだ場所は、別々だったんだ……」

「じゃあ、この直ぐ近くにも」

日向の問いに、「ああ」と雨宮は頷いた。

一方、この街は幻想が病《やまい》となって渦巻いている。

住民は、その幻想に侵《おか》され、悪夢の中を生きているのかもしれない。

雨宮は、得体の知れない住民達を思い出しながら、そう思った。

「でも、浅葱さんはこの街から出たいんですよね。海の向こうに、行くために」

目を伏せる一ノ瀬に、「そう」と雨宮は首を縦に振る。

「海の向こうが、あるべき場所だから。祈りは、留《とど》まるべきではない。哀しみと慈しみを乗せて、旅をするべきなんだ、きっと」

「生きている人が、次に向かうために……ですかね」と、一ノ瀬は海の向こうを見やる。

「亡くなった人も、もしかしたら、そうやって次に行きたいのかもしれないね」

と、日向もまた、明け方の運河に見入った。その流れは、海へと続いている。

雨宮は、自らの右手をじっと見つめた。

浅葱の手が重なった感触がハッキリと残っており、夢でなかったことを雨宮に語り掛けていた。

「絶対に、叶えてみせる」

それは、伝えられなかった浅葱への返答だった。

ニライカナイは近くにある。そう確信した今ならば、いつでも彼のもとに行けそうな気がした。

雨宮は右手をしっかりと握ると、決意を新たにしながら、運河の水面《みなも》に映った臨海都市を見つめていたのであった。

本書は、二〇一九年八月から二〇二〇年一月まで「WEB文蔵」に連載された作品に、加筆・修正したものです。

この物語はフィクションであり、実在の個人・団体等とは一切関係ありません。

著者紹介
蒼月海里（あおつき　かいり）
宮城県仙台市生まれ。日本大学理工学部卒業。元書店員で、小説家兼シナリオ・ライター。
著書に、「幽落町おばけ駄菓子屋」「幻想古書店で珈琲を」「深海カフェ　海底二万哩」「地底アパート」「華舞鬼町おばけ写真館」「夜と会う。」「水晶庭園の少年たち」「稲荷書店きつね堂」「水上博物館アケローンの夜」などの各シリーズ、『もしもパワハラ上司がドラゴンにさらわれたら』『咎人の刻印』などがある。

ＰＨＰ文芸文庫　怪談喫茶ニライカナイ

2020年7月21日　第1版第1刷

著　者	蒼　月　海　里
発行者	後　藤　淳　一
発行所	株式会社ＰＨＰ研究所
東京本部	〒135-8137 江東区豊洲5-6-52
	第三制作部文藝課　☎03-3520-9620(編集)
	普及部　☎03-3520-9630(販売)
京都本部	〒601-8411 京都市南区西九条北ノ内町11
PHP INTERFACE	https://www.php.co.jp/
組　版	有限会社エヴリ・シンク
印刷所	図書印刷株式会社
製本所	東京美術紙工協業組合

ISBN978-4-569-90065-0

PHP文芸文庫

第7回京都本大賞受賞の人気シリーズ

京都府警あやかし課の事件簿(1)~(3)

天花寺さやか 著

人外を取り締まる警察組織、あやかし課。新人女性隊員・大にはある重大な秘密があって……? 不思議な縁が織りなす京都あやかしロマンシリーズ。

PHP文芸文庫

桜風堂ものがたり（上・下）

村山早紀 著

田舎町の書店で、一人の青年が起こした心温まる奇跡を描き、全国の書店員から絶賛された本屋大賞ノミネート作。待望の文庫化！

PHP文芸文庫

鵜野森町《うのもりちょう》あやかし奇譚（一）（二）

あきみずいつき 著

高校生の夢路が拾った猫は猫又？ 情緒あふれる不思議な町であやかしたちが起こす騒動を通して、少年少女の葛藤と成長を描く感動のシリーズ。

PHP文芸文庫

アンハッピー・ウエディング

結婚の神様

櫛木理宇 著

〝いわくつき〟の結婚式場でサクラのバイト!? 大人気シリーズ「ホーンテッド・キャンパス」の著者が贈る、ラブ&サスペンス最新作！

PHP文芸文庫

午前3時33分、魔法道具店ポラリス営業中

藤まる 著

相手の心を読めてしまう少女と、自分の心が他人に伝わってしまう少年。二人が営む不思議な骨董店を舞台にした感動の現代ファンタジー。

PHP文芸文庫

京都西陣なごみ植物店(1)〜(4)

仲町六絵 著

「植物の探偵」を名乗る店員と植物園の職員が、あなたの周りの草花にまつわる悩みを解決します! 京都を舞台にした連作ミステリーシリーズ。